戀人絮語

梁慕靈

目次

推薦序

從碎片掇拾到絮語編織

一

最初讀到慕靈的〈故事的碎片〉，是在二〇〇二年一個季夏夜發出的電郵裡。慕靈說她寫了一篇小說，請我有空看看，給她一些評語。那一年，慕靈已完成大學課程，畢業論文的題目是〈從古典好萊塢電影看張愛玲的劇作〉。她在畢業後攻讀教育文憑，兼任「抗戰前中國現代劇本」研究計畫的助理，並協助香港中文大學「全球華文青年文學獎」特刊的編務。因為感激她的幫忙，很想在其小說創作的路上予以鼓勵，於是立刻打開文檔，當時讀到的是〈故事的碎片〉。

這篇小說寫得非常細密，極富生活質感，讀來充滿驚喜，足以令人忘卻那種帶著責任的閱讀動機。二〇〇二年，有關「地誌書寫」（topographical writing）和「文學地景」（literary landscape）的討論方興未艾，有關「聲景」（soundscape）的研究，更未進入華語評論界的視野。當時我只可以說，這篇小說寫香港非常道地，細節很豐富，既有西西浮城寓言的意趣，亦有張愛玲那種沉到底的悲哀，這是何等奇異的組合。

小說文檔的最後一頁，附了慕靈的個人資料，她正打算把小說投到第十六屆臺灣聯合文學小說新人獎。後來的故事我們都知道，〈故事的碎片〉獲得了短篇小說首獎，先發表於《聯合文學》，後收錄於九歌出版的《九十一年小說選》，同屆得獎的作者還有甘耀明和聞人悅閱。

獲獎之後，慕靈發表了兩個小說，按時序排列，〈胸圍〉在二〇〇三年一月發表於〈明報·世紀〉、〈紅莓記〉同年十二月發表於《聯合文學》，二〇〇五年收錄於《臺港文學選刊》。兩個小說寫的分別是中文大學學生的情事和貨櫃車司機一家的鬧劇，從選材到發表和入集，可見臺港兩地的文學因緣。

集裡的長篇小說〈戀人絮語2021〉於二〇〇三年開筆，從香港的故事轉到關於愛情本質的思考，以絮語的方式探索小說的界限。這個長篇的完成歷時十八春，期間慕靈於二〇〇四年考上中文大學中國語言及文學系的研究院，從哲學碩士到哲學博士，一直醉心於張愛玲和新感覺派的研究，成績斐然。

小說集裡最後一篇〈仁愛街市〉寫於二〇〇〇年，之前未有發表。仁愛街市位於香港屯門區，故事寫的是中學生阿欣在仁愛街市賣菜。阿欣最擔心的是雪白的校服裙子遭街市的髒水濺汙。她的願望是考上大學，因為大學代表了自由快樂，街坊都說她勤力，但她考了兩次會考都只三科合格。她從未到過港島區，屯門便是她的整個世界。

值得注意的是，這個阿欣的形象，跟〈胸圍〉裡的洪小美和〈紅莓記〉裡的趙小怡以至張揚，皆可或顯或隱地聯繫起來。平凡瘦削的洪小美，是家庭鬧劇裡的冷眼旁觀者，一直如常活下去。充滿傳奇色彩的趙小怡，則是考上了大學的阿欣——若早生一個年代，趙小怡或阿欣甚或可以成為〈故事的碎片〉裡的外婆，一個「時代的傳奇女子」，替政府的洋官管家，一口香港式的流利英語。只可惜阿欣厭惡屯門，反覆想到要死，其後真的目睹自己那條千方百計要保護的白色校服裙被輕鐵輾過稀爛。敘述者在小說的結尾加了這一句：「本來，那死的念頭只是隨口說說，輕輕略過」，甚有張愛玲那種畫外音說話人的風範。

二

在這個集子裡的作品，可以分為兩部分來閱讀。第一部分是四個以屯門、秀茂坪和赤泥坪等香港地景為主軸的短篇，第二部分是開首的長篇小說〈戀人絮語2021〉。這四個短篇和一個長篇，可以視為作者一個成長的歷程。在那崎嶇的成長期，漫漫長途，看不見盡頭。在一片荒涼和滿目瘡痍中，或許只有冷靜的觀察和傳奇的投射，可以撫平青春的激越。

如果你對成長故事有興趣，又或是喜歡研究地誌和市聲，我會建議你先讀集裡的四個短篇。這四個短篇裡面，有一種青葱的真誠和坦率，那股氣場與力量，是走過長路以後，無法重回也難以複製的。我很慶幸慕靈在求學的歲月，可以用如此豐盈飽滿的筆觸，把當下的感應以小說的形式表達出來。慕靈在這些短篇裡所選擇的書寫方式，需要兼顧人物和對話、故事和情節、意象和象徵、並要帶出寓意與觀照，是小說的本色寫法，難度非常高。她近年任教於香港公開大學的創意藝術系，亦會教授寫作課，這一系列的短篇小說，絕對是精彩的演示。

在這裡我特別想談的一篇，是〈故事的碎片〉。在收到這篇小說的前一年，慕靈已把〈胸圍〉和〈仁愛街市〉兩篇電郵過給我。這幾篇作品的聯繫和意義，於慕靈於我，大概都要走過二十年，才可在回望中發現。在《聯合文學》二〇〇二年十一月版的〈故事的碎片〉中，首先吸引我的，是四張香港公共屋邨的照片。小說的背景是香港的秀茂坪邨，位於九龍官塘區，是基層聚居的地方，不秀也不茂。小說把香港稱為埃及城，因為樓房全是泥黃色的，各種各樣的人就住在同一色調同一間格的樓房中。最後一張照片上，是一圈一圈的蜂巢圓，那是香港公屋的欄杆，為防小孩子攀登欄杆而墜樓，故採用蜂巢式設計：

「一圈一圈的蜂巢圓，使外面的陽光捲成圓筒形透進來，隨著天色的轉變，地上的圓形光紋就變化萬千如萬花筒。課本上常常說我們要像蜜蜂一樣勤勞，阿珠總是想，我自己就已經是住在蜂巢中了！〔……〕是的！不錯！住在城中的人都像蜜蜂一樣勤勞！」

這一段以蜂巢的意象寫埃及城中人的勤勞，頗有西西〈浮城誌異〉的寓言意趣。然而小說的鋪敘，用的是張愛玲式的細密質地，各種聲色意態和情狀，皆極富市井生活感。小說裡的人物，都是基層小市民，包括貨車司機、酒樓部長、食肆洗碗工和工廠製衣員等等。這些小人物，時而納入少女的抽離視點之中、又時而以其自身認知世界的方式互為觀察。但故事背後，總有個世故或自以為世故的敘述者，默然凝視十里悲風過洞庭。這種選材和寫法，在二〇〇二年的香港並不多見。

〈故事的碎片〉這個短篇，寫的是母女命運的疊印，女兒阿珠和幾個妹妹，都重複著母親鳳琴離婚的軌跡。這種母女同命的結構，可跟〈金鎖記〉以至〈沉香屑——第一爐香〉中姑姪的重影相呼應。鳳琴是個煙視媚行的女子，嫌惡丈夫阿照酗酒，喜跟裁縫五榮打情罵俏。小說這樣塑造她的形象：「媽穿著貼身的蘋果綠旗袍，窄窄的衣領緊綳著頸項，與肥大的臀部互相輝映，活脫脫就是一個汁肉鮮美的青蘋果。」這個青蘋果，可跟〈第一爐香〉中牛奶、粉蒸肉和糖醋排骨合論。

小說以蜘蛛的意象寫「髮的詛咒」，也可聯繫到〈紅玫瑰與白玫瑰〉裡王嬌蕊髮絲的糾纏和〈金鎖記〉中月亮的猙獰。小說寫阿珠跟母親乘1號A巴士：「阿珠一偏頭，才發現原來是媽那蓬蓬的海藻一般的長髮，正像黑蜘蛛毛悚悚的爪足憑著風伸延過來，蠕蠕爬過她的臉，腳上的帶毒的小鉤正細細的針刺著她每一個毛孔，必死的毒液正滲入她的體內。」後來阿珠又跟母親乘渡海船：「這時媽又再披散著長髮，風從側面吹來，她的頭髮就像黑蜘蛛唾下的細絲，四處飄揚，看似柔弱無力，其實卻在誘捕獵物。」阿珠憶起四歲時曾不經意模仿母親的媚態，便想到：「原來媽的蜘蛛絲在很早很早時已向她伸延了。」這篇小說的開首，寫的便是阿珠這種中毒的絕望心情：

「『依呃——依呃——』

這一刻看的是天，下一刻看的便是地。

天已轉暗，高大深沉的樹影壓將下來，與地上的我的影子交相擁抱，融為一體。風從天邊吹過來又吹過去，經過山，經過海，吹過十萬八千里，不一刻就吹到我的腳旁，然後剎地靜止，黑夜就驟然瀉下。我從晃到天邊的鞦韆上跳下，雙腳著地，腿一軟，就跪倒在黑沉得像無底的地上。」

這一段值得注意的地方，不僅在其氣氛跟〈心經〉開首許小寒危坐天臺欄杆一段相似，更在其聲色動感。「依呃——依呃——」是搖鞦韆的聲響。「這一刻看的是天，下一刻看的便是地」是從搖鞦韆者的視覺看天和地。那一躍而下，也帶有張式「一撒手」的豪氣。

除了鞦韆的「依呃」，這篇小說還保留了各種尋常巷里的聲景，包括了磨刀匠的「磨鉸剪劏刀」、小孩拖鞋嘶嘶跻跻在樓梯滑行的聲音、砰啪的關門聲、把女兒的名字「阿珠」喚成「阿枝」的北方口音、「有爺生冇乸教」的廣東俗語等。當中的城市景觀、經濟活動、南腔北調以至文化震盪，皆可供評論者細意闡發。

把這四篇小說置於文學譜系的脈絡，亦可開展不同的論述線索。如果說〈故事的碎片〉近於張愛玲，那麼〈紅莓記〉和〈胸圍〉大概分別近於黃碧雲和魯迅。〈紅莓記〉的女生情誼和大學教授，可以聯繫到〈她是女子，我也是女子〉和〈盛世戀〉。〈紅莓記〉裡曾提到魯迅的《野草》，〈胸圍〉的故事亦帶有《肥皂》式的諷刺和喜劇感。

三

如果你對愛情的議題有興趣，〈戀人絮語2021〉這個長篇的題目，對你會很有吸引力，你讀來也會有共鳴。小說中的戀人，這樣以社交平臺來說明二〇二一年愛情的特質：

「二〇二一年的戀愛都建基於短訊之上。短訊的形式本身已製造著一種曖昧感：只有我和戀人能參與其中。它能一下子把兩個本來不很熟悉的人拉到一起，不論怎樣光明正大的關係，看起來都好像在偷偷摸摸地聯繫著。」

較諸短訊，「限時動態」更能貼近現代愛情那種速逝且不準備被保留的特徵：

「在二〇二一年，在Instagram上的『限時動態』才是我們應該採取的愛情模式。在有限的時間內，我把我的狀態在眾人的眼前公開，然後期限過去，訊息自然銷毀，一切都煙消雲散，連把短訊刪除的過程都可以省略。把刪除這個動作省略的重要性在於，這個『狀態』本身就具備了暫時、短期、不準備被保留的特徵。」

這篇小說帶有強烈的後設性，清楚宣示了小說的創作目的：

「我要以寫論文的方法去書寫愛情，以後設的方式去思考愛情：揭開抒情的虛偽和思考愛情的真相是相輔相成的。」

〈戀人絮語2021〉所展現的，是一位女學者如何以後設的方式回應時代，並建構一種以女性角度為出發點的愛情觀。小說認為，以女性的角度重新思考愛情，重點是要改變女性以被操控和犧牲為愛的「愛情」概念，同時亦要改變男性以操控和爭奪為方向的「愛情」定義。戀人最終未有提出指涉「愛情」這個所指的新能指，但就提出了這個觀點：「女人之間的同理心，或許是最後能戰勝男人的唯一方法。」

小說同時期望香港文學的發展，可以從地方色彩和歷史感轉向表現世人更為普遍和共通的情懷——透過「非本地」，以突出本地的各個方面：

如果有一天，這個地方的文學可以在地方色彩和歷史感之外，表現世人的更為普遍和共通的情懷，反而能突顯這個地方一直以來的重要位置：作為一個平臺去思考所有有關非本地的事物。彷彿只有透過非本地，這個地方的人和事才能找到屬於本地的方方面面，就好像這篇小說一樣，只有透過書寫跟愛情無關的事，才能突顯其實蘊含在其中的密集而纖細的小情小愛。

如果覺得上述的閱讀方式過於理論化，我們或可把這篇小說當作一本療癒之書來讀，分在不同的日子斷續來看，治癒效果會更理想。如果這樣讀來還是感到吃力，可以先跳到這篇最後的地方來看。你會發現戀人經歷千山萬水，編織了千言萬語之後，終於放下了執持：

「禪是不能言破的冷暖自知和親身體驗，就如同愛情，別人無法代你去經歷。禪是安靜，愛情則是一次歷練，完結後的靜的狀態是最終的成果。所謂的正心，就是追求內心的安靜，讓心不停留在任何事物上，才能平衡。戀人絮語是由躁動到安靜的追尋之旅。」

讀熟悉的人所寫的作品，各種人物和情節，都有似曾相識之感。有次我們在越南餐廳吃河粉，慕靈說她覺得自己的人生，是在認識德華之後才開始的。德華是她的丈夫，從前也是我的學生。〈戀人絮語2021〉就有這樣的句子：「很多年後，我遇上了那個對的人（……）我才明白真正在愛情上表現理智是什麼一回事。（……）我知道我比張愛玲和林奕含幸運，因為我能夠真真正正踏上了告別沉溺的路。」

二十年來，彷彿跟慕靈走過很遠的路。比照〈故事的碎片〉原來的版本，現在的結集把「後記」刪去了。那段「後記」，讀來動情，彷彿是舞臺上暗燈後的一段獨白：

「傳說人在彌留之際，往事會像旋轉木馬一樣，閃爍閃爍的迴旋在腦海之中。假如阿珠是我的話，我相信，在我快睜不開苦澀的眼瞼時，在我腦海中的，必定會像這個故事，有細碎冰冷的音樂在層層的舞臺布幕後、往事一片一片如聖誕夜的白雪，靜靜的下著，背後有溫熱的火雞香與蠟燭光。縱然是平凡的往事，當事人仍然會像被風爐的煙嗆得潸然淚下。回憶若然是不可靠，這個不屬於我的生命回顧自然只能像玻璃碎片。所以我相信，真實的生命不會是故事，只能是片段。（我希望，有人可以在這個沒結構、斷續、碎裂的故事中，看到不真實的生命中的一絲真實。）」

完成這篇序言的日子，剛巧是個聖誕日。在全球疫情的籠罩下，我們都在追懷火雞香與蠟燭光裡的相聚。慕靈曾在二〇〇八年的九月寄電郵給我，電郵的開首是：「自從上次見面後，一直有很多話想說，但又擔心增添你回電郵的麻煩。」那時候我家裡生出變故，的確忙亂。慕靈在電郵裡說：「說這麼多，是想你知道，你這些年的努力，是有意義的。有一些生命也是因你而改變了。（……）目前，切切實實生活才是最重要的。」

在十多年後，我相信，慕靈的教學和寫作，同樣改變了別人的生命。她在切實的生活，並跟對的人相互造就。

謹以這篇序言，紀念二十年來的同行。

何杏楓

（本文作者為香港中文大學中國語言及文學系副教授、雅禮中國語文研習所所長）

自序
「在二〇二一年與夏目漱石對話」

發揮才智，則鋒芒畢露；憑借感情，則流於世俗；堅持己見，則多方掣肘。

總之，人世難居。

——夏目漱石

要有痛苦，才有寫作。不一定是自身的痛苦，卻是感受到他人之痛苦而轉化為自身的痛苦，是為寫作。

世上有太多沒有痛苦的寫作，在我看來都是庸俗與欺世盜名之作。痛苦不分大小，痛苦是一個寫作人的存在之證明。我在重踏寫作之途的這幾年，卻是在想，比起世上千千萬萬追尋自由和幸福之人，寫作人的痛苦又有什麼值得書寫呢？靈魂的痛苦比起肉體的痛苦就更高尚了嗎？

有一天在異地，夜快將盡，在半明半昧的時刻，在睡夢中的我驀然醒來，然後在這段時間以來一直分裂地生活的自己，竟然不由自主地流起淚來。我看著自己在床上躺著，明明是在睡覺，淚就是控制不住的流下來，流下來。就是這樣無聲地流下來，壓抑不住。

我珍惜自己還有感覺的這個時刻，因為，這個狀態就是一個可以寫作的狀態。但是，寫作人儘管把這些都寫下來，但在千千萬萬死去了或將死的人之中，這樣的寫作究竟有什麼用？

把自身和別人的痛苦記錄下來，使它不至於湮沒、遺失，我以為是寫作的意義。然而夏目漱石卻說：

> 孤村溫泉，春宵花影，月下低吟，朧夜清姿，——這些無不是藝術家的好題目。這些好題目，一起浮現在我的眼前，而我卻做了不得要領的詮釋，進行多餘的探求，在難得的雅境裡建立起理論的系統，用惡俗的情味踐踏了求之不得的風流。這樣一來，非人情也就失掉了標榜的價值。[1]

十多年前，我去寫起學術論文來。那是一個非人情的世界，我學會了以冷靜和理智的方式去看待世界。一過就過了這麼些年，然後，我又重回了這個充滿血肉和醜陋的人情之世。是我的選擇，我自己的選擇，我選擇了長久凝望深淵。它的回望終於來了。

這篇執筆於二〇〇三年的〈戀人絮語2021〉得以完成，是在這些年來一直縈繞在我心中一種「來不及了、來不及了」的催促和預感下完成的。我並不知道命運還安排了怎樣的未來給我，但是，就讓我還可以寫作的時候，盡情地寫吧；就讓我還可以不顧一切地工作的時候，盡情地做吧。因為一股不可抗拒的力量在我們身後推波助瀾，我們除了順應命運，還有什麼可以做呢？今日的一切勞苦，可能只為成就將來的某一瞬間的某一個決定。然後，祝願我在未來能夠有一天隱匿於大市，在一切的歷練以後，靜靜地寫作其他作品吧。

二〇二〇年一月三〇日
寫在瘟疫蔓延之時

1 夏目漱石著、陳德文譯：《草枕》（上海：上海譯文出版社，二〇一九年），頁二八。

戀人絮語 2021

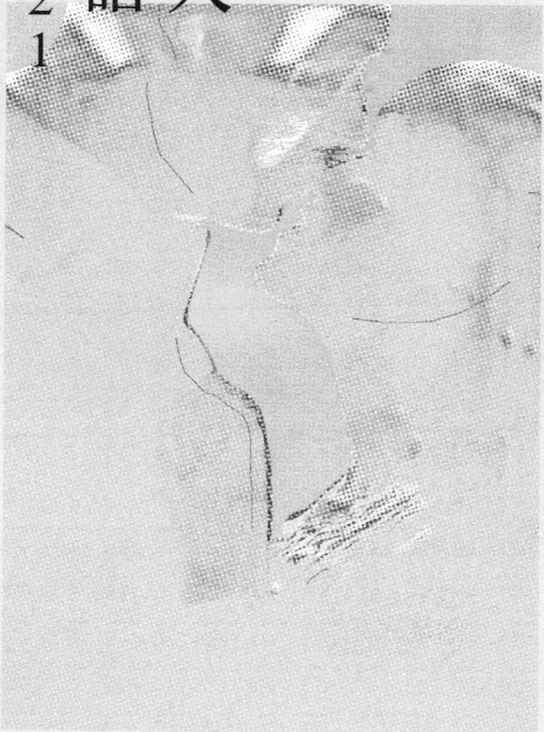

愛戀遊戲

「看不見……」

嗋咬。能夠綑綁人的愛總是來自主體，而非任何戀人非凡的魅力。喜愛迷戀的人都是創造力非凡的人，故此上帝強調「愛」，因為「愛」是一種創造性的行為。

如果我們已經是情侶，我一定不會像現在那樣的愛你。

他的辦公桌就在我身後。我總是看不見他。（「看不見」等於距離，距離是迷戀的基礎。我不能想像他坐在我的身旁。）工作室內每四人分享一張不大的辦公桌，擠得大家瑟瑟縮縮。沒有任何的間隔，工作室內每個人的一舉一動都被虎視眈眈著。

我可以做什麼呢？要暗暗的愛一個人，愛一個不發一言的人，我可以做什麼呢？

他跟我同屬一個部門，永遠的不發一言，永遠的遲到。我的位置可以望見房門，他何時回來我瞭若指掌。每一天我暗暗期盼他早點回來、今天不要請假、千萬不要生病。一天又一天，我的愛像細菌般在玻璃瓶內滋長。

他的辦公桌在我身後。我總是看不見他。

於是。我用我的聽覺去愛他。他喝茶後蓋上茶杯蓋的聲音，他看文件的聲音，他吃零食拆掉包裝紙的聲音。我雖然不能轉頭去看看他，但是他的一舉一動，我都在溫柔的聆聽。

每逢有人走進來，我連眼都不必抬起就知道是他不是他。眼角看見穿黑的，不是他。步伐飛快的，不是他。走路時像小孩子似的，是他。開門時溫柔小心的，是他。

坐在我對面的兩個女同事每天都談論著他。與我一樣（我痛心，我愛他的方法竟與別人一樣），都是關心他今天什麼時候回來，穿得夠不夠暖和。我把耳機大力塞到雙耳中，不想聽見別人談論他。

他在我的世界中，只屬於我一人。

「消耗之極致」

我的心中恆久疑問，就是：愛一個人到極致的時候，究竟會是怎麼樣。

每一段思念，每一段感情，都被戀人用高速消耗掉。

我把我愛聽的歌不斷重播，在二十四小時內，我起初沉醉於感動與意象當中，把影像不斷地剪碎拼貼交錯綜合，不斷地吞噬又排泄。然後，我發覺我思念的人的樣子漸漸模糊，他變得像小孩子填色畫冊中的圖畫一樣，只有一條細黑的線勾出他的輪廓。我在腦海中拚命搜索，也看不清那具血肉。他的眼睛。秀氣的單眼皮。但我忘了眼神。他的嘴唇。紅。但我忘了笑容。不經不覺他的具體外貌成了感覺，我只能形容他的笑容可愛，眼神散漫，而絕說不清他的眼睛如何嘴唇如何。

生活上的細微小事，無限制地在高速播放，放了一次又一次。明明知道是消耗，快樂會在一次又一次的消耗下變成煩悶、沉鬱，我仍然忍不住要重播。我以為我的愛在被消耗掉，我以為明天我將會忘記。當我第二天醒來的時候，我以為我的愛已經被我消化掉，已經不復存在。

但。

只要那首我愛聽的歌一響起，所有所有的影像又將被重播，而且有錐心之痛。

「愛使我的世界成為唯一」

愛令自我無限膨脹，因為情感氾濫。

——羅蘭．巴特

我突然發覺，我愛的那個被我愛到極致的人，只是「被」我愛到極致。他的功用，就只是「存在」，讓我有一個愛的客體。在我的愛中，他完全無需要參與，也沒有一寸他可以參與的地方。

我的自我在無限膨脹。我在放大，這個世界只有我的「愛」。他消失也好，存在也好，只要一天有我的「愛」，他的生命就得以在我的世界中存活。

愛使人豐盈。

我甚至不需要他有愛的回應。我在我的世界中充實滿盈，只要沒有人驚醒我，我可以做一輩子的夢，因為我的世界是如此的完美，我有我自己就已經足夠。

我為他準備了一份禮物。但是我不打算送給他。那份禮物就只是被準備著，我把它鎖在工作室的櫃子中。想念時，發呆後，我總會偷偷打開櫃門，望一眼那份不會送出去的禮物，我就感到無可名狀的快樂。

這是一份他不知道曾經存在的禮物，在他的世界中從來未曾存在過。但我感到快樂，因為我的世界與他毫無相干，他不必知道我，我不必知道他。儘管在我的世界中，他是被看得透徹、被徹底明白的一個。他被看穿了，雖然未必是真貌，但是他要在我的世界中存活就要按著我的劇本不斷演出。

「忽冷忽熱。我想讓你知道，我又不想你知道。」

感情從根本上就是給人看的。

——羅蘭．巴特

在你的眼中，我只是一個情緒起伏不定，無時無刻不在亢奮與絕望之中的瘋癲的人。自喜自笑或呆若木雞。我想放棄我的「自我尊嚴」，我想讓你知道。

我能想像到你知道後的反應。傻笑。不置可否。我的心只能開一次。

錯過了，我就誓將它永遠關掉。所以我怕。我怕你不愛我，我怕你愛我但把握不了那唯一一次的開門，我怕我把門關得太早。

於是我又放棄了。

「對方」

他是一個在絕對靜止的世界中活著的人。他在我的背後。我為了在自己的世界中存活，於是把播放音樂的耳機塞在雙耳中，外邊的世界就與我隔絕。這即是意味著，我不能使用我的聽覺去愛他了。感情從根本上就是給人看的。難道我可以轉頭去看他一眼嗎？若果我把頭轉過去，他會知道我的心在想什麼嗎？我不能觸摸他，也不能看見他，就算我把耳機除去，難道他會懂得在適當的時候發一兩下聲響，曉得讓我知道，我現在只能靠聽覺去愛你？你甚至不曉得我在愛你。

或許，你是曉得的。我自信未能裝假裝得讓人看不透。但我的面目我的眼神是冷冰的，我要重新在我的世界中愛你，而絕不能讓感情偷走逾越到現實世界裡。

「時間」

我在工作室不斷處理工作，別人看我忙得時間完全不夠用。但我是兩個人。我用兩個心在這個世界存活。現實中我忙得要死，一天只有二十四小時。另一個我在靜止的宇宙存在著，沒有所謂時間，沒有忙碌，沒有死亡。我有無窮無盡的時間去思念。在某一程度的情況下，愛永遠等於思念。

「沉迷」

我絕不能再扮演一個受害者的角色。因為，沉迷是我的選擇。做出一個選擇，就是主動，就是行動，就不是無辜。

沉醉在一種哀傷的氛圍中。愛情的本質就是哀傷。得不到、無法掌握、不能接觸。所有在孩童期遭遇的最初的創傷，都可以在愛情中再次獲得。據說在幼年曾遭遇父母拒絕和遺棄的人，長大後都會不自覺地追尋一段又一段的虐戀，重回創傷的場景。儘管這個人現在已獲得幸福，他仍然會不自覺地追求受傷。受虐的戀愛感覺可以讓他感到真正活著。

我愛你。但我從來沒有想過要跟你在一起，否則我就不能愛你了。

戀人的邏輯是瘋人的邏輯。

我愛你就如你是我筆下充滿缺憾的人物。

「享用」

為了減輕其不幸，戀人一心指望用一種控制方法來箍牢戀愛帶給他的愉悅：一方面，死死把住這些愉悅，**盡情享用**；另一方面，則將這塊樂土之外的沉悶疆域打入一個括號，盡數拋到腦後：心裡只有情侶帶來的歡樂，**卻將情侶本人給「忘卻」在歡樂之外**。

——羅蘭．巴特

我把每天發生的生活點滴裝在玻璃瓶子裡面，如同沙漏，不時把它顛來覆去，欣賞它的幻變與不定。你永遠不能把沙倒回相同的形狀，正如你每一次**享用**你的回憶的時候，儘管你不斷想的都是同一件事，但你永遠都不能**享用**不變的回憶。在回憶中，你把細節盡情鋪開，在戀愛細節的遊戲中自由玩味。每一次夢後，每一次回想後，你的回憶冊將會厚了一點，因為你開始分不清什麼是真什麼是假。你在創作。

我是病入膏肓了。我喜愛聆聽他低低的聲音，我寧願看不見他。在聆聽中我得到愉悅，我簡直不願意單獨與他共處。他「帶給」我快樂，但他不能在**我的戀愛**中有所參與。

我自編自導每天的心情與劇本，用我特有的方式去愛他。他不知我在玩什麼把戲，我就讓他沾沾自喜，讓他以為又有一個跟其他女孩相同的女孩子在暗暗愛他。別人這樣想，他這樣想，我都不能否認，然而只有我自己知道，我在**享用**我的**戀愛遊戲**。

「可愛」

只有一個瞬間不能用言語來形容：戀人的一縷前髮由於沒有用定型劑固定好，而滑到了前額。就是這一瞬間，如果要我解釋的話。魔法由這刻發生，我看著他淡褐色的眼睛和秀氣的單眼皮，不知道說什麼才好。從此以後的時刻，都不能跟這一刻相比。我深知我眼前的人是怎樣的人，我明知道他不能愛我，我也不能愛他。但是，如果可以回頭的話，我寧願那一天我沒有答應跟他一起吃飯。那麼，我就不會在他低下頭來的一瞬間，看到那個不能逆轉的一刻。

此後，每當我感到我將要跟他決裂的時候，在我們的愛瀕死的一刻，如同生命的走馬燈回轉的一刻，這一刻的影像必定是我首先想起的畫面。奇怪的是，到後來我感到我們的愛在逐漸死亡的時候，我再也不曾看到這奇妙的畫面。同一個人，同一個動作，再次出現都不再能讓我有任何感受。這只能提醒我：一切都已經過去了。

2

我和對方因為某件事而要一起到我過去工作過的某地。那是一個微雨天，我愉快地跟他介紹這個遠離城市的地方。我們走遍了整個社區，徒步而走並共撐一把雨傘。我冷靜而愉快地跟對方聊天，心裡想著的卻是：我們最美好的日子可能就在今天。後來的事果然應驗了這一句內心獨白。我沒有迷醉，因為我知道這樣的場景、這樣的人物、這樣的對白，結果就是要我迷醉。但是我沒有，我只是暗自悲哀地想著：我要珍惜這一刻，因為我和他從此不會再有這樣的美好。我深知道對方的性格，在最美好的事情發生以後，他必定會做一些動作去試探它、破壞它。對待美好的不信任，令人在身處美好之時都充滿了哀傷。他在等我迷醉，我在等他迷醉，但是我倆都對著彼此愉快地笑。在與世隔絕的某地，整個世界只剩下我們兩人。

3

找一天我們好好道別。

在我早就預想的最美好的這一天裡，我們一起在某地度過了一整天，跑遍了每一處我過去曾經生活的所在，道盡了每一段我過去的回憶，嘗盡了某地著名的道地食品。只是當時已惘然。當時。在敘述的當下，分明的把現在當成過去來追憶。有誰會這樣談戀愛呢？跟一個寫小說的女孩子在一起，就連現在都充滿了追憶，然後事情就一一隨著她的預言而成真。

我們最後果然沒有好好道別。

「隱情」

1

我想隱匿起來。在戀愛中我就想找一個無人的地方躲起來，好讓我可以細細地思考一下對方，觀察一下自己。我這一秒在思考對方的一舉一動，為無意義的細節賦予各種可能；下一秒則用全知的角度觀察自己：這是一個在戀愛的人，她多麼的可憐。她在思考一些永遠不可能想通的事，她需要靜一靜。長久以來，她終於可以放下一切，好好地坐在這兒，什麼也不做，單單在思考。愛情其實是一個人的事，對方永遠都不可能體會到你自己的感受。

從來沒有兩情相悅。

2

明知對方是怎樣的人：永遠在看著外面。經驗告訴我，對方充滿經驗。充滿經驗的對白、過分熟練的動作、帶著歧義的暗示、熟悉的若即若離……這是一個充滿經驗的對手。我們互相調笑，對對方的言語挑戰無感無覺。我說：你怎麼喜歡的全都是些稀奇古怪的東西？他說：所以我喜歡你呀！

粗暴而直接的說法，而我已經不再是小女孩了。兩個充滿經驗的人，應該怎樣戀愛呢？我們都已經聽過每一句熟悉的對白、對對方的心態也瞭若指掌。互相了解帶來了防範，而我卻只希望在這次戀愛中偷吸一口自由。事實卻告訴我，從我願意參與這場演出起，自由就已經逐漸遠離我。

3

先定好一個期限，不論結果如何，某段時間後我必定要離開對方。如此一來，對方就蒙上了一層悲劇人物的色彩：他注定是個已死的人，不管他有沒有真心。

這真是悲劇。別的女人一定以為他需要的是一個能拯救他的人，但是我深深明白他選擇的卻是永遠不能給他全然的愛的人。愛他的人他不屑。他既不肯放棄現有而不愛的，卻也不敢追求他愛而得不到的。他只能在一次又一次的追尋中一再印證自己設計好的悲劇：沒有人能跟他到最後。因此他裝作玩世不恭。或許他就是玩世不恭。但是，我一點也感受不到他在玩世的過程中有任何快樂。這真是悲劇。

4

從來沒有真心。在他看來我是一點真心也沒有，在我看來他也是一樣。兩個防備心重的人，互相以沒有真心作為對抗的武器。可憐的我們，只能以這種方式來做防備。如果是這樣，根本就沒有必要開始這一次的戀愛。

互不信任。每一次我略有真情流露，在他看來都是一次又一次的玩笑。當他嘗試透露他小心翼翼的試探，我則一次又一次的證明給他看：我不會認真。我們只能在玩笑話中尋到一絲半分的真心聊以自慰。如果沒有這樣的微小而卑微的快樂，尚有什麼值得我們維持下去？

維持什麼？關係嗎？我和對方其實一點關係也沒有。只要我離開了這個工作的地方，我們完完全全可以互稱為陌生人。

「想像之流亡」

倘若我失戀，我（應該）不會因為他不愛我而憂傷。因為，我的「失戀」是由於我要失去想像的對象，我那為他而建立的想像世界從此崩潰。我喪失了沉淪的藉口，沒有人再會原諒我無故的失常、自喜自笑、呆若木雞。我立時變回**一個人**，原來由兩個人結合而成的我，被猛烈地撕開、揉碎、搓扭。

所謂的失戀，就是失去想像的空間及對象。戀人不能再有任何藉口去想念，沒有人**名正言順**的讓自己去掛念。戀人連可以付出的對象也失去。

瀕臨崩潰的妒忌、瘋狂的思念、失去理性的相處……煙消雲散。

戀人失戀並不是因為戀愛對象的拒絕或消散，而是，突然間，對方的「幻象」消失了，一直包圍在他身外的那一層讓人迷戀的「幻象」消失了。是他令我失望嗎？是他的拒絕回應令我失望嗎？我冷下心，咬著牙，決定不再想他。

「演出與投入」

慣於迷戀的，都是具有高度想像力的人。

迷戀的產生不只會錯看他人（認為別人比實際要好），也是錯看了自己（想要成為不同的人）。在迷戀中，我們沉醉在自己的幻想中，把別人當作**道具**使用。[2]

戀人吃了一驚。我是在迷戀中嗎？我有任何喜歡對方的根據嗎？原來，愛不是單純的「不能言傳」。我喜歡看到他的笑容、他秀氣的單眼皮、他蒼白的面色。我喜歡看他吃東西，看他埋頭伏案批改文件的樣子。他喜歡看我不喜歡的電影，他喜歡吃我不喜歡吃的東西，但我只感到快樂，我覺得我的愛中有包容的快樂。難道這些都算是迷戀嗎？照這樣說，根本沒有人可以不經迷戀而愛上另一個人。

「溫情」

有一天我倆無原因的一起下班，他問我要去哪兒。他住在鐵路沿線的車站附近，我故意說一個在該車站之前的一個站名，於是我倆就一起乘火車。我快要下車了，他說：「我可以陪你逛街嗎？」我裝著無所謂的樣子，他致電回家說不回去吃飯。我暗笑。

我說要買禮物送給朋友，因為她快要生日。其實我並沒有這麼一個朋友。於是我們終於有一個目標去逛著，我們四處逛，最後我買了一隻玩具

2 約翰．阿姆斯壯：《愛情的條件——親密關係的哲學》（臺灣：麥田出版社，二〇〇二年），頁一〇六。

態，不知買來做什麼。

我們吃了一頓很愉快的晚飯。我們一起走向地鐵站，他說不送我回家，因為要「一視同仁」。我笑著逼他送我到車站，否則以後就不理他。他笑嘻嘻地說：「其實我是不怕的，不過我還是送你吧。」

他送我到車站後，頭也不回的就走了。（沒有目送）

我忍不住微笑：他要強調他「一視同仁」，就是因為：

(1) 他害怕我以為他待我與別人不同：他怕我誤會他喜歡我/他害怕我知道他喜歡我，所以要掩飾。

(2) 他真的待我「一視同仁」（即是沒有把我看待成「特別」的人）。

溫情。這是一種快感，但同時也是令人不安的評估——面對情侶所表現出的百般溫柔，戀人意識到自己對這種溫情並不享有特權。你在哪裡表現出溫柔，你也就道出了你的「博愛」。

他沒有送我回家，真的待我「一視同仁」，即是，他沒有在「送我回家」這一點上表現出**溫柔**，所以可以推斷他在這一點上沒有**博愛**。

戀人心中不無可憐的慶幸著。

「不寫之寫」

1

在寫作小說的時候，不少人都喜歡運用現實主義的手法，詳細描繪外在環境的一草一木，或人物的一言一行，務求把腦海中想像到的畫面和情景鉅細無遺呈現在讀者眼前。但是與之相反，有時我們刻意隱藏，或刪去某些場面不說，反而更能引起讀者的想像，甚至對作品的內涵有更強的反思和理解。這種方法叫做「不寫之寫」。

運用「不寫之寫」的手法，《紅樓夢》的作者曹雪芹可謂這方面的專家，他除了善用回目和詩詞，在小說中暗示人物的結局，或某些不便說出的情節以外，有時更以不合情理的「詳寫」，製造引人思考的情節，去做出某種暗示，例如寫出身低微的秦可卿，其喪事卻辦得恣意奢華，眾人對這樁喪事的說法都影影綽綽，令讀者自然聯想到秦可卿之死背後的難以告人之處，成為另類的「不寫之寫」。《紅樓夢》這種手法多年來成為不少「紅迷」或紅學專家「朝思暮想」的難題。

2

對方如果也寫小說的話，可能是「不寫之寫」這方面的專家。在他身上我有機會在日常生活中訓練這種觀察技巧。在初相識的時候，有很多次，我都深深地感受這種寫作美學所帶來的震撼：原來他在我看不到的地方，做了那麼多的事情，想了那麼多的心機。（既有工作上，也有戀愛裡的。）

有一天，我和同事在討論如何開拓產品市場的事，大家都一籌莫展，因為公司沒有提供任何資源。然後忽然有一天，我們各人都收到了一本有關這個產品的宣傳相冊。對方什麼也沒說，在眾人面前仍然沒有表達什麼，只跟著其他人在觀看這本相冊。後來我才知道，原來他背地裡運用了自己的人脈，為這個產品拍了宣傳的照片。這種吃力不討好的工作，他在背後運籌帷幄，我搞不清楚他是偉大，還是暗自享受在背後掌控一切的快感。但是，我已經對他的隱忍感到了一種莫名的震動。

其他人在閒聊時都說：不知道他在想什麼。我卻以「不寫之寫」的方法觀察他，感覺低調和神祕的人，背後總有莫名的隱衷或陰謀。但是，明知道他是這樣的人，我還是忍不住的想了解他。

我也許並不喜歡他，但愛「閱讀」他。

3

我在對方身上做「不寫之寫」的實驗。我和他的這篇小說不能用全知角度來書寫，因為我無法知道他的心裡在想什麼。那麼，我就如同閱讀小說一樣，透過人物的表面行為、動作和語言，推斷他的各種心思。然後，在我看不到的地方，我透過他人的閒聊、細節的觀察、結果的推理，去推敲他曾經的所作所為。

幾個女同事常常在聚會中無故的提及他、回憶起他的一些瑣事。這些都是曾經「擁有」一部分的他的證據。「不寫之寫」的方式教會我，很多事都不用以語言去「證明」存在，而在看似不存在之處，所包含的事實有更多更多。

「過去」在向你述說，只是你有沒有留心。

「戀物」

了解戀人就像把一個洋蔥逐層剝開一樣，都是在過程中只落得一把眼淚，這是因為對方與我想像中既相似又不同的緣故。面對戀人不如自己的殘酷，是消滅愛情的第一步。對方不夠聰明、固執且缺乏想像力。我還剩下什麼可以喜愛？沒有，難道是身體嗎？他臉上的小瑕疵，手上的皺紋，甚至是腿上的線條不如我意，我愛的是什麼？真正的戀物，可能就是對物件的莫名執著。只要開始了，就不能解釋。

「無類」

1

我真正和對方獨處的時間少之又少。如果把這段時間中我們的獨處時間加起來，可能不足二十四小時。我們的關係無法分類：暗戀、曖昧、情侶、朋友、知己、親人……每一種俗世的分類都不能全面表現我們的狀態。你和我都沒有什麼獨特之處，獨特的是我們之間存在的關係。如果有一天這種關係不再存在，我和你就會在一瞬間打回原型：一個幸福而愚蠢地繼續生活著的生命體。

跟你相處得太少了（永遠不會饜足），以致我每次跟你面對面的時候，都在熟悉中不斷感到驚訝：對方原來是這樣的。他在我不知道的時候變化了，儘管只有我一個人才注意到這種變化。我不由得回憶起跟對方的第一次接觸。這其實並不是現實意義上的第一次接觸，在這之前我們已經認識一段時間，但是因為沒有進入目前這種狀態，我從來未曾真正感到對方的存在（戀人只能在戀愛中才能發現平日不曾發現的事物）。但是，某一天，我突然意識到對方的存在：在冗長的工作會議中，平日並不注視別人的對方坐在我的對面。我突然發覺，隔著長方型的會議桌，對方在注視我。我大膽地回視，我們竟然對視了數秒。然後不久後，又再對視，是定睛的對視。然後，再對視。就如同對方所拍的照片一般，「他在注視我」是一張照片，「我在注視他」是另一張照片。兩張照片被定格下來，從此戀人的生命才寫入了對方的痕跡。

在這個城市中，只有在明言的關係中才被算作在戀愛中。我和對方的不能盡言和不可名狀，統統被歸類為「曖昧」。曖昧是一種自欺欺人的狀態，其欺騙性在於兩人間極其明確的愛情。兩人心知肚明。早於對視時已心知肚明，其後才出現疑幻疑真、忽冷忽熱、試探隱瞞。曖昧中的戀人不斷反覆驗證他們早已心知肚明的一種狀態：你們早已戀上了。其後的一切都只是在反覆驗證戀人的自我欺騙：我或許是會錯意了。背後隱藏著的只是各種各樣的責任。然而這不能改變真相：早於對視的那一刻，我和對方已確知對方的心意。只是戀人不知道，這一瞬間之後，所有的事都會立即改變。真正的愛情，只有那一瞬間。那對視的一瞬間，沒有責任和期盼。是正在進行的，不是過去，也不是未來，因此是永恆。「永恆的一瞬」就如同按下快門的那一刻，是確鑿無比的一個動作；這個片語聽來矛盾，其意義卻在於它能告訴你：這不是曖昧，這清晰無比。

2

所有有經驗且不負責任的戀人都知道：不能放過任何一個會跟你對視的異性。研究說明，異性之間願意對視超過三秒的話，就會產生情愫。這樣說來，戀人之間的對視根本就只是一種求偶和發情的訊號，浪漫的一瞬只是預示著後來的逐步試探和追逐。就如同小說中的各種象徵和暗示，愛情其實都只是把一件小事以各種各樣的手法迂迴、繁複而且多層次地表現出來，以求延長彼此看對眼的一瞬：**愛情的美好以維持時間越長為目標，卻不知自身的本質是相反的**。如此便成為一種神話，成為了人類文明中其中一個維繫集體無意識的神話，並發展出一套又一套的文本去鞏固和修補這個神話，以求千秋萬代地保證人類繼續繁衍下去。

回過頭來，原來萬事萬物就是由一瞬的對視開始。

「可憐相」

我令自己受苦。我在令自己受苦。戀人讓我受了無比的苦。我的愛從此帶有報復的特徵：你讓我這樣難受，我也必不會讓你好過。我這也不是，那也不對，既然如此，我要讓你加倍感受到我的冷淡。我在裝可憐相，看起來冷淡極了，卻不知這種冷淡表現出更多的熱愛。（你究竟在冷淡什麼？）

我們互不理睬，想從對方的主動中找到一絲的安全感：你比我更在乎。就算內心的澎湃已倒海翻江，我不能讓你知道我在乎。（是誰在定義「在乎」的一方就處於劣勢？）我在跟對方較勁。

然而這種較勁毫無意義，其虛無之處就像在沙漠裡大喊一樣，你甚至不知道對手是在哪裡。你甚至不知道對方是否在跟你較勁：他可能每天仍然安穩地生活，絲毫不知道你的內心在翻天覆地。在一段時間的分離後，當我倆再次遇見時，我應該用冷淡的面目來面對你嗎？你毫無表情的態度可以讓我解讀成冷極而熱嗎？不論如何，我在狹小的電梯裡遇見你時，看到的就只是我自己的可憐相。

「交淺言深」

我們在短訊中無所不談。只有牽涉到愛情的話題，雙方都立即用一種後設的方式來面對：我們都只是在玩玩，我們也知道對方只是在玩玩。一早就說好了的！（沒有說過。）

所謂的後設，是指關於××的××，例如後設小說是關於小說的小說，其目的在於揭露小說的虛構特質。這篇小說自稱後設，卻是要突顯後設中的真實性。就等於在這段戀愛中，我要思考的是在真實戀愛中如何適應虛構，或在根本是虛假的愛情中如何建立真心，或是在明知是虛偽的感情中怎樣付出真心，或是在真心裡如何附加虛構令它更為完美。

感覺分裂。在文字溝通上我們已達到知己的階段，但在現實中我們仍然是生澀的。公司坐落在這座舊式大廈，電梯異常狹小。常常在電梯中相遇，我們都像陌生人般互不理睬。我們在現實生活中沒有偷情卻有如偷情般的默契。在電梯中如果碰到其他人，我們反而會跟他們熱情客套；如果只有我們兩人，卻互相不發一言：我們對待彼此無需演戲，同時我們也在共同演出。我們在互相配合而毫不違和。在現實中我們既熟悉又陌生。

意想不到的我們又在另一部電梯相遇。電梯門一打開，他已經在裡頭。我在半秒裡看到大概是他的身影，他在一個角落，我就站在他的交叉線的另一頭的角落。我們各不相看。後頭的人不斷地進入，塞滿了我和他的距離之間。我們都毫無表情，但意識上都充滿對方。門打開了，我先走出，然後頭也不回地離去。

然後在一個酒會上，我跟客戶愉快而熱烈地周旋著。對方來了，站在後頭的位置，距離我很遠。沒有人知道我和他的隱情。我完全沒有看他，卻無時無刻的在留意他。我在會場前排的座位上跟身旁的客戶聊天，半扭頭之間卻看到他在偷看我。然後我一整個晚上都沒有再理會他。

後來，在當晚的團體合照中，我才發現他原來常常在我不知道的時候在遠處偷看我。在某張合照裡，我和客戶和其他嘉賓站在中間，遠處的他不知道自己被攝入鏡頭了，他的視線被暴露：他就在我背後偷偷注視我。原來這樣一個不擅言辭的人，眼神卻可以透露那樣多的訊息。

掩飾真心的人，只能得到掩飾的真心。

「告別」

不堪忍受——戀人蓄積已久的痛苦情感的爆發都體現在這一聲叫喊中：「再也不能這樣下去了……」

——羅蘭·巴特

1

我決定要向我的戀人告別，然而真正的告別是不用讓對方知道的，所以我心裡的難過無可名狀。在我和對方的日常相處中，我深深明白我和他的不合適和不可能，磨合帶來的是想像的消滅。我莫名的哀傷，就像死去了一個親人一樣。每天我在工作室中見到他，都令我非常哀傷。當我見不到戀人時，我懷念他，就像死去了一個親人似的。過去那些其實一點都不值得令人懷念的瑣碎細節，突然都因此而蒙上了一種懷舊的氣息，顯得值得供人不斷緬懷和惋惜。我在通道上、轉角處、休息室，總能見到這個已死的親人的一點輪廓和影子。然而這全都不是戀人。全都不是。這是我過去的感情的鬼魂，鬼影幢幢之處，在在清醒而諷刺地提示著我的心痛。當我終於見到對方，他熟悉的背影已經不是我過去朝暮渴想之物。我們如朋友般交談，我的眼光卻沉重而難過。我在跟一個已死的活人說話，這個人的一半已經死去，另一半則不再是我的戀人。不論如何，我已經失去他。失去了我的想像，我的依託，我的心靈無處安放。

2

不在工作室的時候，我感到比見到對方時更愛他。但是這種愛是因為他已經死了才變得深沉。（理智的情理：凡事都有個著落，但沒有沒完沒了的事。戀人的情理：凡事都沒有著落，但它卻沒完沒了地繼續下去。）

「再也不能這樣下去了」的呼喊是一種自我防禦，它告訴我需要尋求出路。（戀人的冷漠也是跟我一樣嗎？在他眼裡我也是如此冷漠如死人嗎？）我在演自編自導的一齣戲嗎？只有那一刻是真實的：戀人帶著注視看我的第一眼。除此以後都是我的想像裡的虛構。

3

生活的苦悶讓愛情成為在日常生活中都能做到的最簡便的藝術，尤其是在這個工作等於生活的城市當中。我作為藝術家的本質通過戀愛而得到實踐，創作一種虛構的欲望並得到宣洩。愛情與藝術的本質是如此的相通，我在戀愛中得以每天飾演一個角色，我有既定的設定和對白，我知道自己下一秒將要表現的情緒和反應。然而，如果我選擇告別，我從此將重回這樣一種狀態，一種普通的交談而不是逑說對白的狀態。戲劇裡的對白每一句都具有意義，而日常生活的說話並不具備這種被舞臺燈光照射過的存在感。是的，是存在感，真正的存在感。心靈上的愛情、身體上的痛感以及藝術上的創造，是世上唯一可能證明存在感的事。

「反覆」

念念不忘自己是戀人，同時又告誡自己別再做戀人。

——羅蘭．巴特

1

不論你怎樣做都贏不了：贏了反面就會輸了正面。戀人的狀態因此而不斷反覆。走，不走；忘記，不忘記。對方說：可以想念，實是幸福。想念本身的弔詭之處在於，如果想念能夠成真，想念就不存在。沒有想念就不在戀愛之中。真正在戀愛之中，就算戀人在面前也會帶來想念。然而，想念是自虐的心理狀態：你在想念的過程裡，就等於身處於不可能之中。想念就是看不見。看不見才會想念。但想念就是想看見，看見卻不能改變想念。

想念曾經是我在這個繁忙勞累的人生中偷吸一口自由的呼吸口，只是，如今它帶來的窒息和困厄令我不得不逃離。但逃離後又如何？我還是要重回那個不能逃離的繁忙勞累的人生。真是煩人的遊戲，我什麼時候才能擺脫這種設定？我可以用後設的方法去改變這種系統嗎？

2

我今天在悲傷之中，難過得像要吐血。明天卻又感到無所謂，不當一回事。昨天我則是嚴格控制自己，要把對方當成逝去的人。我跟對方說，我們改變關係吧。朋友，好朋友，閨蜜，兄妹。做點什麼事去改變這種狀態吧。戀人卻建議殉情。這是在短訊裡說的殉情。看不到對方的表情，也知道他是帶著戲謔的口吻。但是我卻第一次思考有關殉情：殉情的結果仍然是不能在一起，並且同樣要把關係斷絕。但是它同時卻也建立起一種獨一無二的關係：從來沒有第三個人可以加入殉情的關係當中。只有你和我。殉情是在現實中無法做出改變時而做出的最有力的改變：我沒有改變其他狀態和關係，我對得起現實；另一方面我用最極端的方式述說我對這種責任的不滿：我建立起一種別人無法插足的關係，現實再也無法控制我。

從來沒有人邀請過我殉情，儘管不可能真正發生，但是我還是被震動了。

「愛情經濟學」

新的開始與新的循環
到處是對你消費的簽單
帳本將條列每一筆銀額流出的時辰
如同忠實記錄我花掉你
的每一時刻

——江文瑜〈愛情經濟學〉

這不就是這篇絮語的另一種敘事角度嗎？每一句書寫都是一種愛情上的消費。對方提供了讓我消遣的素材和資源，我享受了快樂和愉悅，也付出了心力和時間。這其實是一樁公平又實際的交易，無所謂誰勝誰負，也沒有任何的不甘和傷感，因為這其實是一種流動的平衡。戀人在天秤上的互動極其公平，每一筆帳都算得清清楚楚。愛情的平衡機制一直在運作，在我終於花掉你的所有以後，就是我離開之時。

「後設」

我和對方談起過去一個朋友糾纏於初識的與拍拖多年的兩個女性之間的事件：明知道結局的開始，不如不開始；怎樣選都是錯的選擇，不如不選擇。這是一種後設的戀愛關係：我已經告訴你作者是怎樣想的，他決定了這是一個悲劇／鬧劇。你每選擇一個決定，我就會說：你早已知結局。人物可以向作者投訴：我不要這種設定！然而後設根本是一個自欺欺人的文字遊戲，人物可以向作者投訴或干預作者都是作者預先設定的呀！你以為可以反抗嗎？在這個後設的戀愛故事中，我和對方都比現實主義小說的人物更可憐：眼睜睜的看著事情的發展而不能抱怨：你早知道的呀！作者不是已經跟你說過了嗎？

戀人但願這最後至少是一個悲劇，而不是鬧劇。

「是的，我在戀愛之中。」

我以為人在戀愛中是比在戰爭或革命的時候更素樸，
也更放恣的。

——張愛玲

不能表達。對方的愛情模式如果是不能表達，那麼我要如何去證明？愛情又是否需要各種的證明？證明什麼？愛過？有愛？然後又如何？愛情唯一的價值，就是令人勇於面對自我。甘心情願的承認自己在戀愛之中，對自己，對世界做出承認：是的，我在戀愛之中。但在這個城市中，沒有一種這樣的習慣。我們有各式各樣的展示愛情的方式：購買戒指、送花示愛、手牽手、做愛，這些或公開或私密的方式只是向對方或其他人展示關係，但是，從來沒有一種儀式、一種方法，在這個城市中可以讓我宣告：我承認，是的，我在戀愛之中。恰恰相反，如果一個人在戀愛之中，他會隱藏這種狀態、掩飾這種情況。「這是我的戀人。（但我沒有承認我在戀愛之中。）」如果每個人都可以在頭上戴著一個顯示「是的，我在戀愛之中。」的標示，我們就可以清楚看到這個人的狀態：他在真正生活著，請勿打擾。請不要以工作、親情、責任之名，打擾這個人難得的狀態：他在真正生活著。然後，我們也會不無悲哀地，看到他的顯示在倒數：真可憐，他能夠真正生活著的時間只餘下三個月！之後，或幸或不幸，要到不知什麼時候，這個可憐的人才又可能有機會身處於戀愛之中。或者永遠都不再。

「瘋狂」

對於這次的戀愛，戀人一開始已使用了後設的方法。後設是，在既有敘事陳規的縫隙中，對小說（或虛構，或愛情，三者等同）進行有關情節和結局的討論和干預。因此戀人早已知道結局，結局不出三個可能性：在一起，然後愛情消逝；不在一起，然後愛情也是消逝；不得不不在一起（因為在後設的世界中，這個選擇已經命定），然後愛情或多或少得以保存，並一直懸置。不論是哪一個可能性都只能指向悲劇。張愛玲說，生命即是麻煩，怕麻煩，不如死了好。戀人說：愛情即是麻煩，怕麻煩，不如不愛好。然而，有誰可以決定愛還是不愛呢？有人說：愛情是一場重感冒，一不小心就會惹上。我覺得是至理名言。

但是在後設的世界中，沒有這種說法。在後設的世界中，愛情不可被決定停止還是繼續，但是可以被決定被干預到什麼程度。在後設的世界中，愛情就像一塊腐肉，已經死了的，或正在死去，或正在腐朽，但是戀人仍然把它反覆驗證，每時每刻都在證明這塊腐肉已經是死了的，或正在死去，或正在腐朽，心裡卻希望它會復生。這是一種干預，對敘事的一種介入。我們改變不了小說要完結、愛情會死亡，但是，我們可以討論它。

「沉溺」

沉溺，是一種宣布無條件投降的狀態。我認輸了，全面投降，不做任何反抗。莒哈斯《情人》中的中國男子被書寫成「沉浸在一種糟透了的愛情之中」，小說中的女性敘事者因此而自處在一個征服的位置。但是，戀人投降的對象是誰？不是那個一直未能得到的對象，那個對象沒有什麼特別。張愛玲說的，可怕是他引起的她那不可理喻的蠻暴的熱情。這麼一說，戀人在沉溺之前，根本就一直等待著一個可以沉溺的機會，期待著這樣的一個狀態。溺水的感覺，全面地被充滿了，溺水者與水之間毫無分隔。我是期待著被臣服嗎？但心底裡我又在反抗著這種狀態。我怎可能被臣服？我只是在休息一會。讓我沉溺吧，只一會就好。我是倦了，在我的人生中感到疲乏非常。

「告白之不可能」

1

二〇二一年的戀愛用的是短訊。戀人的所有告白都是在短訊中進行。我還記得（我已經在用一種回憶的語調去述說這段感情），在調笑之中，曾經有一次，有一次，深深的、真正的打動了我。

他：你想念我嗎？

我：我想念你如想念一個朋友。

然後（可能是數分鐘，可能是十數分鐘），他就傳過來了一首叫〈以後別做朋友〉的歌曲。

是這種形式，一種不用言說的狀態，一種接收後不用立即回應，而可以獨自不斷重複消耗的狀態，深深的打動了我，而不用說一句話。當中包含了一種認定和信任：我不說，但你會明白。

2

二〇二一年的短訊方式塑造出一種呼喚與應答的形式，一種在呼喚後，可以選擇接收、延宕、沉默和空白的溝通方式。其實是一種等待，以煎熬的態度去做出每一次的決定：我是發出這個短訊還是不發？不論訴說的是什麼，每一次發出呼喚後就是一種陷入等待的狀態。在我看不見的時候，對方在做什麼？他好端端的生存著嗎？如果對方不應答，這樣的呼喚就陷入一片虛空，並且支配著我的心思。戀人錯誤地以為這樣是在愛中，「我—愛—你」。儘管人們可以億萬次的述說這句話，這個詞卻在被述說的當下立即煙消雲散。在被嘴唇吐出的當下，這個詞的詞義就被消融殆盡。說的人當下即便是真心感到愛，說完後就真的沒有改變嗎？聽的人在接收的一刻相信愛，然而過後真的不會改變嗎？如此一來，述說這個詞又有什麼意思呢？「我—愛—你」在說出的當下就表示「我愛你，但我不能保證它不會改變。」

3

跟一個寫作小說的女孩子戀愛最可怕的地方，就是你根本不知道她一早已經寫好了連她自己都不知道的劇本，人生的發展就按著她的直覺和第六感來發展：果然是這樣的。一點不差。這個角色將會在什麼時候被放棄、那個角色將會有什麼作用，什麼時候應該說什麼對白、做出什麼回應……這些全都在一個無形的劇本之中。而對她來說，人生最值得感喟的地方，就是一次又一次的看到人生就如寫作小說一般，你不能改變內容，只能改寫形式。命定的早已決定，但你可以決定把人生怎麼過，怎麼去表現。

「唯一」

只要是在愛情中，就不會不問是不是唯一。但二〇二一年的戀愛再問唯一總有點令人啼笑皆非。舞者與舞不可能剝離彼此。愛情與唯一不可能分離。

我預知自己不會是戀人的唯一，但他同時也不是我的唯一。我們各有其他的戀人，其他各種曖昧不明的關係。但是，在最近這段時間中，他在某一處成為了我的唯一。我欣賞他的演出，享用他的寒暄和試探。我們互相以對方來消磨時間，消滅日復一日的沉悶的日常。

什麼是唯一呢？是全心全意的只看到對方一人？那是根本不可能的。因為，我們都不是對方的唯一。在這個全球化的城市裡生活，又有誰能成為某一個人的唯一？

「自私」

我私自決定了告別後，唯一可以做的就是等待平復的來臨。從此我臉上再沒有表情，祈求生活中不要出現任何有關對方的提示牽引和預料。不要再出現，求求你不要再出現。你的短訊、你難得一見的笑容、任何有關你的隻言片語，請不要出現。我已經平復了，請你不要再出現。

如果真正的告別是不用說出來的，那麼，從此以後，你再跟我說什麼對我來說都再沒有什麼意義。順著我此刻感覺走。我要想起你就想，要冷待你就冷，我這個形象是在做給誰看？我的臉書上寫著：真正的告別是不用說出來的。我這些話又是在對誰說？

演出。愛情就是在生活中可以擔任一個有內心戲的角色的一次演出機會。由愛情開始到結束以後的一段時間裡，戀人仍然可以隨時隨地無時無刻的演出他的內心獨白，只要在戀愛的狀態中，就有鎂光燈從高處照射下來。戀人就像一個自戀的角色，覺得整個世界都要傾聽他的自我獨白。只要在戀愛中，我就跟其他人不同：旁人不會明白我，旁人沒有這個資格。

臉書上的狀態提供又一次的演出機會。戀人在每天的狀態中提供了空間、敘事和氛圍。一段訊息本身就是一篇小說，一次演出。文字間營造的獨立空間，讓我可以借戀愛之名去拒絕世界，並且在世上各處不同的空間中畫地自限：我與你們都不一樣。

戀人都是最好的戲子，連自己都傾倒於自己的演出之中。

二〇二一年的戀愛方式就是：我讓你不斷的可以看到我，但我卻不與你有任何聯繫。

你將不會再找到我。

「撩撥」

如果要把我和你分類，你可能是以圖像和色彩思考的人，所以習慣不以語言表達，要別人去細味和解剖；我則是以文字和語言思考的人，所以習慣無話不說，要令人去沉迷和投入。我倆會互相吸引，是因為你也渴望去過度且暴露地演出，而我則希望自己能收斂而被咀嚼嗎？兩種不同的美學在碰上後，帶來的痛苦的快感則變成這樣的一回事：我渴望看到你的演出，你希望我能不再表演內心戲。最終我倆都沒有改變，反而變本加厲的去強化了自己的本質：你比以前更沉默，我比以前更暴露。

純粹的感受能構成一篇小說嗎？省去了所有敘事的過程，只記錄片刻的氾濫的感覺，我會發展出一種新的後現代小說風格嗎？誰還要完整的結構和圓滿的敘事？在這個城市中要維持每一天的生活已經夠痛苦了，誰還要花時間去看一些不能抒洩自身壓抑情緒的文字？太深奧的語法結構和空洞無物的大敘事，怎及得上我小資滿腔自怨自艾的過度抒情？讀者就是關心這些呀！戀人就是只關心這些呀！管你將來會用什麼理論來看待我這種書寫風格。書什麼寫？戀人就是有任性的權利。

整日間的熱淚盈腔而哭不出來，你的短訊已被我冷凍起來，或許要待我不再自言自語或不寫這篇小說時，我才能真正跟你告別。

「詩與生活」

應該繼續　離開不放手
應該決絕　無奈未能夠
應該灑脫　恢復做朋友
應該找你　卻太過荒謬
應該脆弱　牙關都顫抖
應該快樂　難受別研究
應該適應　平伏後還有
順著我此刻感覺走

——林若寧

二〇二一的城市中沒有現代詩，戀人都得依靠流行曲來建立起生活的質感。只是，不在戀愛之中的話，那種音樂就只剩下潮流而不再有質感。戀人們都習慣不說自己要說的話，而要透過流行曲來渲洩基本的抒情本能。所謂的詩性，隱藏在城裡各人的潛意識中，其實我們的抒情需要跟一千年前並沒有改變過什麼。看，直抒的胸臆、重複的結構、便捷的押韻……搞什麼意象象徵重建文字的詩性，對戀人來說，寫現代詩的人只因仍未到最痛處，當痛得生不如死，就只能選擇用「生不如死」這種陳腔濫調來一刀了結痛不欲生的真正的生活之感。

「崩壞與復仇」

我不認識你。從來沒有見過你也不知道任何關於你的事情。
我對你的喜愛，完全誠實，出於直覺。
而我對其後的毀壞的痛心，亦無法掩飾。
好像我也見到自己的毀壞。

——黃碧雲

我不再跟對方聯絡，不再回覆他的訊息，只在臉書上每日更新自己吃喝玩樂的消息，本來已經多日沒有更新臉書的戀人就突然發布了新的狀態。就只是簡簡單單的一次更新，已經表達了千言萬語。只有徹底的無視才能帶來勝利嗎？但這是勝利嗎？這只是一次又一次的無意義的戰鬥，最後雙方都已經不知道為什麼要戰鬥了。就是要證明對方比自己更在乎嗎？以冷漠的暴力來傷害自己喜歡的人，那麼當初為什麼要喜歡對方呢？愛情的博弈如果是以真愛為賭注，是否比兩人單純為金錢和性更能造成傷害呢？我和戀人為什麼已經毀壞至此？這是因為其中一方有人沒有真心嗎？以離開去換取留下是沒有作用的，只有真正的離開才能帶來重生——重新再來。我就曾聽聞有人說過：不如我們分手，讓我重新再追求你一次吧。這個人有真正的戀愛智慧，他明白只有在追尋的過程中才是真正的愛情。那些說感情比愛情重要的人只是自我安慰。

只有逃離才能帶來追趕的快感嗎？我的戀人是這樣的一個原始的人（原來他的愛與我是這麼的不同），一方面我說服自己徹底鄙視對方，一方面我知道自己在潛意識中的欲擒故縱。我嚮往的愛是在「其後」，對方則一直渴望「之前」的愛。我們因此永無交集：每一次我以為可以正式進行「其後」的交心和融合，對方則想按下「重來」的按鈕。重新來過，一遍又一遍的自虐虐人。唯一的勝利就是逃離，徹底滅絕重新一次的可能性。然而，不能再重來一次就意味著死亡的決心：徹底的為這段關係宣告死亡吧。

「結合」

會有戀人不渴望跟對方結合嗎？（「結合」這個詞的迂腐性，羅蘭·巴特已經討論過：其中的一個一輩子為另一個做飯）我無法想像跟戀人結合，身體上的結合需要絕對的信任，而我明知不可能信任飄忽的戀人；生活上的結合需要絕對的耐性，我卻一點為他做一輩子的飯的意思都沒有。那我追尋這段愛情為的是什麼？不為什麼。就算他已經承認喜歡我，我也已經不感到任何的喜悅。在一起我感受不到任何愉悅，分離時我卻感到哀傷。這是什麼情況？我仍然滿腦子都是戀人的影像，無時無刻想的都是他的形象，但為什麼我已經不能再感受到跟他一起時的心動和充盈？我是已經不愛他了？我們的故事竟會這樣短促？我的心充滿哀傷，逐漸感到尚存的殘像一點一點的熄滅。

對方繼續在表演，在短訊中、在電郵中、在臉書中、在一切可以演出的文本中。刻意的提問、無端的關注、平白的解釋；他的否定性的肯定動作做得越多，就越能令人明白他的底蘊。這是他表達感情的方式：否定的、破壞性的、壓抑的方式，這些都是他可以接受的感情流露的形式。對方不能接受直白、清明和簡單的感情。他既然喜歡苦逼的人生劇本，那麼，就讓我擔任這個劇本的一個角色吧：一個製造苦逼的戀人。

「起初」

起初還未認識對方的時候，我已聽聞有這麼一個人的閒話。隨後，多數在狹小的電梯中碰面，我們兩人都只是寒暄幾句。我對他印象不好，單從他的舉止和表情，我已經明白這是一個壓抑的人，表裡不一。後來越來越多證據顯示我的直覺非常準確。但是，從他人處聽到的閒話碎語果然如羅蘭．巴特所說的：預告了即將要發生的故事。閒話預告著誘惑。一個壓抑的人如果忽然主動做點什麼，不是會令人感到好奇嗎？一個在眾人間低調而沉默的存在，原來私下裡可以做這麼多表裡不一的事。我早就知道了，我早就看穿你了，你的過去和心裡所想，在你未開口前我早已明瞭。

然而，我果然還是眼睜睜地走了進去了嗎？我一方面仍然聽著有關對方的閒話，另一方面我感到我逐漸看到真相：對方比「閒話」這個文本中的他更難見到真心。我是如此的了解對方，在喜歡他以前已知道他所有缺點。我覺得自己對他非常包容。但對方說：我不需要別人包容。我說：我是喜歡和這樣的你相處，你不是這樣的你我就不喜歡。

這是真的嗎？說這句話的當下我是真心誠意的嗎？今天回頭來看，我原來不外如是，我跟說閒話的人都一樣不能做到包容。我甚至比說閒話的人更狠心：我斷絕了我和對方之間的關係。連結的是我，斷絕的是我。但控制著這個過程的人是他。我甚至希望我能對他有那麼一點的傷害。

「沉睡」

我尋覓、我開始、我試探、我走得更遠、我奔跑，
但我始終不知道我了結了什麼。

——羅蘭·巴特

1

當我在戀愛中的時候，我總是希望睡著。我渴望通過睡著來真正的沉浸在戀愛的感覺當中。在這個城裡，只有睡著（戀愛著）的時候才能真正逃離日常。我是這樣地心累，我與戀人的形象搏鬥，不欲再被它所控制。

然而，現在我卻精神得達到亢奮的程度：我的工作效率奇高，同時做著幾項工作，並且全都表現良好。我醒著，連睡著時也醒著。同時我清清楚楚地看見：我已經說了再見。這意味著從此我不會再真正的睡著，直至下一次戀愛的來臨。（什麼？愛情已經結束了？你不是仍在以退為進嗎？我以為還有迴旋的餘地呢？）是怎樣結束的？戀人有拒絕你嗎？有說再見嗎？有不理你嗎？為什麼你就一口咬定已經結束？是可以單方面結束的事嗎？什麼都不清楚，沒有答案。只有一件事可以肯定，愛情的結束與人的生命結束類同，就是當事人永遠都不可能看清愛情／生命結束的那一刻，而只有靠後來的追述／追憶／追悼。

我停止愛你了，但我不能停止談及你，不能停止想起你。這都不受我自己控制。我真的不能。請原諒我，我真的做不到。

2

我老是在忙，老是忙碌得不可交加。我就是這樣忙碌地生活著，我不論別人說什麼，也不管自己有多難受，我就是在忙，並且忙得很有成就。有誰知道我仍然在沉睡中呢？我老是在忙，希望自己能夠醒過來，醒過來。我不能停止在沉睡中遊蕩，遊蕩到下一份愛。戀人老是這樣。就是因為他已被奉獻給想像之神，使他深受文字和話語衝動之苦嗎？戀人有這樣多的靈感需要表達嗎？不停地述說愛，不停地遊蕩，直至有人可以接受並回應。（有這樣的人嗎？我看並沒有。）

我把故事開始了，但我可以把它好好結束嗎？

對手戲

「對號入座」

一旦明白人們並非為了對方而寫作，而且我將要寫的這些東西永遠不會使我的意中人因此而愛我，一旦明白寫作不會給你任何報答，任何昇華……

——羅蘭·巴特

1

將來我的戀人們總會有一天看到這篇小說。他們都會覺得：「這是在說我。」「這明明是我的對白。」在開始戀愛時，我並沒有想過「利用」。後來，到了某一時刻，為著自身的某種深藏於靈魂的需求，我的戀人們都被我「利用」了。自欺欺人地說的話，就是他們參與了我的現實和想像的兩場演出：先在現實中陪伴了我一段時光，然後在我的想像中死去。於是，這篇小說就是一個又一個的紀念碑，一篇又一篇的墓誌銘。我的戀人們在這篇小說中被一種語法上的過去式述說著，在話語中一片又一片地死而復生，然後又再死一次。我在現實中殘忍地斬殺著看不到絲線的段段關係，然後在想像中抽絲剝繭，編織對現實的另一種說法。

「你愛我還是他？」過去在一遍又一遍的向我質問。

當我在戀愛時，我靠著這些絲線的力量，曾創作出周圍的世界。萬一我這次真的來到了這份愛情的終點，天知道我什麼時候才又有這種力量？從前我靠著寫作的力量，一次又一次的從愛情中走了出來。（還是我靠著愛情的力量，一次又一次的走回寫作的世界？）我在這次的愛情中，早就知道我有一天會把它寫下來。我在寫這篇小說時，早就知道我又重回這次的愛情裡。我的嘴裡反覆咀嚼著，希望有一句精確而恰如其分的話能完成我的表達。但是，這篇小說的反反覆覆囉囉嗦嗦永無休止就說明我的無力——我無力恰如其分地表達。剛剛好、不多不少、恰當地處理自己的感情。相反，我的愛情就好像這篇小說一樣（真的是小說嗎？），將仍然會看不到盡頭而繼續下去。

2

寫關於某某，不就是把他親手處死嗎？（羅蘭·巴特說，這是使某某「過期作廢」。）現實中我無法殺死他，我卻能在寫作中一遍又一遍的把他處死。從此他就被永遠的刻印在我的小說中，這個他不能再有任何生命力，不能述說，不能反抗。我以這篇如死屍般的小說來紀念他。

這篇小說內容缺乏，情感卻氾濫。「絮語」一詞就意味著它的沒完沒了。不會有人有耐性把它看完，就等於現實中已經沒有人再願意一再聆聽戀人的愛情絮語。戀人總是不囿於時地，總想一遍又一遍的把這份愛述說再述說，說得唇乾舌燥。

3

僅有一次的迷醉，就在戀人聽見〈以後別做朋友〉的一刻。隨後的都是心計和套路，就如同寫作一樣，是一項隨心的計畫。我天生就知道劇本所在，我既天真又有心計，無意地演出。不能再聽見這首歌，演出就意味著：你真實地假裝著。寫作是一次又一次的演出，與事實相距十萬八千里。我曾經被迷住，然後一次又一次的重複其影響，就如同演員在舞臺上一次又一次的演出，無所謂真假。我就如在閱讀小說一樣，我在現實世界之外。我寫作時就如同瘋子，被世界所隔離。

我延續著我的來自於戀人的痛苦，因為這是我寫作的動力。直至某一天。

「掌控」

1

與其等待愛情慢慢死亡，我決定給它來一個引刀一快。刀割下去後，就只需等待血流乾淨。我不能忍受看著我們的愛因冷淡而亡，倒不如來一次突襲。沒有向對方宣布，就這樣，由某一天起，我就變了另一個人。諷刺、挑剔、冷漠。務求令到對方知難而退。我決絕得令自己吃驚：我是在演出嗎？戀人不會被任何人改變，但同時也從來沒有要求我去改變什麼。然而一切都太遲了，我這一刀已經割了下去，就算我誤會了什麼，也已經來不及了。

「我被拒之門外，但門裡的東西也不吸引我。」

2

「當愛情成為一種自我的束縛」。這是一句病句，意思未完，並不完整。但是，我卻不想去完成這句句子，因為，「當愛情成為一種自我的束縛」以後，根本無需要再說什麼。沒有什麼可以再解釋下去。唯一可以做的，就是沉默地為自我抗爭。當你有一天重拾自我時，也就無需要再說什麼了。

我在自己造成的拒絕中唱歌。高聲唱歌，訴說由痛苦而築成的痛苦之牆。然而一條突如其來的消息霎時推倒了這辛苦築成的牆。對方要休假一個月。在我要遠離你的時候，我居然要承受戀人不知什麼時候進行的一次分離，這種不能掌控的感覺深深地挫敗了我。是我在跟你說告別，不容許你私自就遠離。在那個將要出現的、我不知道的什麼時刻，對方又在做什麼呢？你又要再一次離去，我深深不忿，也默不作聲地申請了公差假期，務必要比對方更早離開：是我本來就要跟你說再見，不容許你先跟我告別。

3

我厭惡這種傳統形式的相思：古時男人出外狩獵，所以思念的都總是女人。女人得等待，她有的是時間。但是，今天已經是二〇二一年了！我在學習男人的活動模式：自由、不負責任、不關心他人。我磨滅自己的敏感性，順勢放任地發展自己的難以掌控和不受掌握：我寧願逃走，都不要成為你的女人。你要得到我，就必須要跟我平起平坐。但是，我已經不是一個嚴格意義上的女人，或是倒過來說，我比其他女人更為女人，因為，我想得太多了，我把男人和女人的那些部分都一起想過了。

4

討厭思念和等待。在敘述的是女人，所以思念和等待的就必定是女人嗎？我要繼續書寫這篇小說，我就得延宕這種思念和等待嗎？一個又一個的女人選擇離開對方，結果我也逃不出這樣的敘述框架。我和這些女人一樣是一個的整體，我們在重複著千年以來的女性的敘事習慣：等待的總是我們。我們對這種敘事的報復就只有一途：在狩獵的男人終於回來的時候，卻發覺在等待的女人已經離去，永遠不會再回來了。這種報復可以摧毀男人所謂的努力的意義：「我為的是大家，我為的是你，你為什麼不理解？」男人不明白的是：在二〇二一年，女人已經不再需要你再為我狩獵了，我可以自己去狩獵。我要的是男人在家中好好的等待我回來。所以二〇二一年的男人痛苦了，因為他們沒有經過任何革命的轉化，令他們曾經爭取過「在家中等待」。從來都只有女人爭取「走出去」，沒有人爭取「返回來」。那麼，戀人可以做的就是離開，而且是頭也不回地離開。

「幼稚」

一個人如果沒有戀愛過，就會以為自己一直都很成熟。那只是，戀人恰好遇到與自己都很相似的人，或是因為在日常生活中的每個人其實都差不多。唯有在愛情之中，你才會做出一些你自己都不能相信的幼稚行為：計較對方是否有回覆短訊、算計著回覆時的字數不能比對方多、要表現得毫不在乎就等數個小時後再回覆對方吧……不能用是否成熟來衡量這些行為，因為，這是在戀愛中。但是，戀人仍然可以有所選擇：選擇是否表達出來。

然而，如果對方也是不成熟的人，那麼，考驗就會隨之而來：例如，每一個晚上半夜裡瘋狂的電話。過著日夜顛倒生活的對方，你要見到他就只能在夜裡。對方永遠在忙碌，你要習慣見不到戀人。你不是說愛嗎？你不是說包容嗎？這樣的戀人需要的是母性的偉大的愛的包容。這篇小說討論了這麼多，原來戀人的愛根本不外如是。對待一個自私任性的人，是應該改變對方還是改變自己？現實是，根本誰都改變不了自己，唯一的說法就是：你們不合適。

「氣質」

1

我第一次閱讀《戀人絮語》時，還未知道羅蘭．巴特是位同性戀者。然後在多次的戀愛中，每一次我都驚訝於《戀人絮語》能充分表達戀人的心情。我就想，一個「真正」的男人，是不會這樣思考愛情的：瑣碎、無意義、沒完沒了。後來查找一下，就發現：果然，羅蘭．巴特不是傳統意義上的「男人」。「真正」的男人對於愛情是沒有腦袋的：男人根本不會思考戀愛問題。如果他能真正感受到愛情，那麼，必定是他喪失了或多或少世俗定義下的「男子氣概」之後。因為，「在愛中」本身跟「男子氣概」是截然相反的事物，「真正」的男人天生就要反抗這種感覺，否則他就覺得自己一點一滴地在喪失「男子氣概」。

在我看來，「男子氣概」是這個世界上最愚蠢的一種枷鎖。為什麼我從來沒有害怕過自己會失去「女性特質」？因為這種特質是我天生的一種內在元素，我從來沒有假裝自己擁有這種特質。如果會害怕失去，那麼是否表示「男子氣概」是一種虛偽的、不真實的、並不是天生自然的特質？人間的所有戀愛悲劇都源自這種「男子氣概」，有的男人竭力推開愛情，因為他感到不安全，愛情的來臨令他們感到軟弱、被征服，自己就好像逐漸在變成一個女人。

二〇二一年的男人心裡的理想女性是獨立、有主見、可以自己一人生活而不需要陪伴。誰不知這種要求其實是在削弱女性的特質：男人們在要求女人們變得更像男人自己。女人要訓練自己不需要愛情，但這種訓練本身是違反女人的天性的，因此可以真正做到的只有寥寥無幾的「女人」。這是如此的難做到，因此，當男人遇上這些「偽女人」的時候就被征服了：他被「他」所折服了。這是一種男人與男人之間的比試。

二〇二一年的女人在挑戰男人。這個城市中的女人其實就是在挑戰男人的「男子氣概」。關懷、細心、無微不至，所謂的「暖男」其實就是在逐漸喪失所謂「男子氣概」的男人。女人在把男人變得越來越不像男人，因為這個城中的女人越來越多在學習如何變成一個「男人」。一個男性化的女人不正正需要一個女性化的男人嗎？究竟是誰影響誰，這是一個雞與雞蛋的問題。

2

如此一來，我和對方的矛盾就在於，他是如此的堅持自己的男子氣概，我則是如此的不能放棄自己的女性特質。我們都有自己要堅守的自我特徵，以致我們根本連磨合期都沒有度過就要分開。難道我要以愛的名義，去消滅戀人的自我特質嗎？征服了他的「男子氣概」以後，他還是那個戀人嗎？我從未如此清晰的看見：我是以一個女人的身分在與一個男人對抗著。你要我折服於你嗎？我偏不。至少在表面看來，你不會得到我，因為我不會放棄我的真實。

多個月來的鬥爭（與戀人的、與自己的），令戀人終於明白到，自己是多麼的重視自己的特殊性。重視到寧願放棄愛情：我只能愛折服於我的人。

男人的終極理想，其實待女人不再愛他們以後，就可以達到。

「分手與文字」

1

有一次，我因為某件工作的事懷疑對方了，並在短訊中向他質問，對方否認。

他說：你原來這樣不信任我，我對你很失望。

我說：我們很久以前已經對彼此都很失望。

三分鐘後，他重施故技，傳來了〈分手後不要做朋友〉這首歌。

我說：你想多了。

兩分鐘後，他顧左右而言他，當作沒有提過分手，繼續討論其他瑣事。

我其實一點也不在意真相。但是，我很高興我終於有機會引起他難得一見的失望情緒。並且，我發現自己對於他的言語傷害、恐嚇和威脅一點都不懼怕。對方在我心中已經死了，最多只是以鬼魂的方式存在，我還會怕他再死一次嗎？戀人不再介懷自己在對方心中的位置（我對你更失望好嗎？），甚至能坦然面對彼此的關係已經跌到最低點（你不是不知道我們早已完結了吧？不是，我們根本沒有開始過），這就是能奪回自己的第一步。

我已經不再在乎。

真正令我傷心的是，對方傳來的歌曲已經不能再打動我（或是再令我傷心），因為我覺得這首歌的歌詞一點也不恰當：是一個比喻不倫的修辭。我不是在這樣的狀態。對方的形式失效了，這令我感到非常傷心，因為我已經失去了一種可以感動的形式。他的這一套對我已失效了。這首歌現在只剩下一個能指：「分手」，而我視之為一種恐嚇。他這一套對待女人的方法失效了。我的一句「你想多了」全面取消我們之間的所有過去和可能性。這句話的所指可以是：

1. 我們之間的所有過去都是一場遊戲，你想多了。
2. 我們根本沒有開始過，分什麼手？你想多了。
3. 你以為我會為分手而傷心，你想多了。
4. 你以為我會為你對我失望而擔心，你想多了。

不論怎樣，「你想多了」這句話具有一種顛覆和全面取消的毀滅性功能。你真的想太多了。對方隨之而來的「顧左右而言他」只有說明他想取消有關分手的話。如果不在意的話，分手和不分手都是不用說出口的。

是男人教會我這種戀愛的方式，我以男人的方式回敬他。寫到這裡，我忍不住微笑起來。這真是一個很好的對手。同時，我也為自己失去了初衷而感到莫名的悲哀。

2

愛情的建立在於如魔鬼的文字。文字的魅力加深了對方作為一個男人的魅力。簡短的、多義的、歧義的、引人深思的文字，每一天都在加深愛情的積累。一個寫小說的女人是通過文字而戀愛的，在這個忙碌的城市裡，又有多少人曾經選對了打動她的形式？直白的文字、試探式的文字，甚至是沒有文字的時候（回覆時的時間差、節奏、留白等），在在都是文字的力量一步一步地在進占。戀人之間的文字交流是一次又一次感人的共同創作，當中充滿了思考、心計、套路；也有天真、情感、詩意。

所以女人要對抗這種愛的束縛的話，就要先從擺脫文字的魅力入手。不再跟戀人交流，戀人就失去了表演的場所。戀人的魅力隨著文字的消失而消失。然而，對方的隱忍就透露在文字之中，就算不再跟他交流，但那些空白仍然處處訴說著他的忍耐力。這是多麼令人敬佩的意志力！但是，苦逼的戀人是受不了挑釁和撩撥的。只要一有機會，在不經意之間，只要一開口，只要有文字，情感就會流露，心事就會演出。文字的魔力。

在文字的空白之處，我感受到戀人無處不在的表達：你雖然沒有開口，但是周圍仍然充斥著你的文字氣息。

「爛泥」

我試過握著她的手　卻還是一樣寂寞
從沒想過　原來自己那麼醜陋
我說得像切身之痛　卻一直在退縮從沒想過　原來自己那麼醜陋

——草東沒有派對

我把這首叫〈醜〉的歌回傳了給對方，之後立即關掉電話。他回覆的話就表示在乎，不回覆的話就表示我說對了。

我以對方的形式回敬他。

我很愉快，整晚亢奮得睡不沉。

「套路」

1

一個寫作小說的女人會有真心嗎？在遊戲中掌握好曖昧不明的態度，半真半假地顯露自己的真心，並且把遊戲當作寫小說的實驗場，既真心又有心計地設計一幕又一幕的場景，進行她無意義的觀察和實驗。什麼叫作真心？就是所有的即時反應都不經計算，而憑直覺和經驗來做出回饋。然後，按照在腦海中預演過無限次的情節，熟練地做出各種反應。最後依憑可以預計的情景與不可預計的突發事件，以後設的方法，選擇部分的真實記錄下來。

2

只要不怕失去對方，從此我可以全面以對方來做實驗。對方在我做出各種挑釁和被動攻擊後，會有怎樣的反應？根據人物設定，不外乎以下幾項：

1. 具體表現：冷淡、無反應（或不回應）、逃避。
2. 內心反應：生氣、無可奈何、暗地裡設計報仇的各種可能性。

3. 後續動作：在團體聚會中裝作不在乎，暗地裡在觀察；看見我跟別人談笑風生不理會他而心有不甘；面對我故意的熱情和挑釁而難以忍受。

4. 可能結局：持續試探和糾結（100％）；裝深沉而以靜制動，觀察對手的下一步行動（80％）；主動復仇和不忿（50％）；受不了而逃離（20％）；跟對手絕交（０％）。

5. 戰略代價：無代價。（不論如何都是分手，不玩白不玩。）

6. 目的：無目的。

3

要說寫作小說的意義，不就是把所學應用到日常生活中，或把在日常生活中的歷練寫到小說中嗎？

曾經流行一種拍照的方法，戀人曾把它運用到不同的戀人身上：選擇一個晚上，在靜悄無人的街上，在昏黃的街頭的投射下，拍下二人在地上的影子。然後，把它發到社交平臺上。這種日常生活的技巧具有多重文學特質：這是一種意象的運用、一種意在言外的敘述、一種不說之說的小說技巧。一種俘虜人心的方法，既公開又含蓄：我是你的，我又不是你的。

曾經有一種便宜的追求女孩子的方法，戀人把它運用到不同的戀人身上：選擇一個普通的商場，在人來人往的走廊上，在商店的旁邊，總有一排又一排的扭蛋機，男孩子可以豪氣地帶著心儀的女孩子扭出一個又一個可愛的小玩意，以成本不高的方法顯示慷慨。這種日常生活的技巧具有多種文學特質：這是一種情節的設計、一種細節的關注、一種充滿甜蜜的抒情技巧。一種俘虜人心的方法，既便宜又細膩：這是定情信物，卻又不具有什麼特別意義。

只是。

今日的我和對方都已經是不再純真並且飽受歷練的成年人。我實在想不出在經歷了所有可能性以後，我和對方還有什麼可以在這個城市創造出來。

於是。

我們只有蒼白的短訊文字可供慰藉。

只有文字敘述上的創造，但在真實的生活中，我們實在是一片蒼白無力。抹除了文字，究竟這段感情剩下了什麼？

一片的虛無。

「咳嗽」

我的氣管病發作，只要一開口說話就會咳嗽，於是只好不說話。不能說話的感覺很好，咳嗽的感覺也很好。不能說話我卻心心念念在述說著我的戀人，不斷咳嗽到透不過氣來的氣管連續抽搐，我在想，這是象徵，這段感情的一個象徵。

這段感情處處充斥著象徵，所以難以擺脫。小小的一個動作、無意的一句說話，統統都會上升成為不同的意象。儘管我知道我還可以愛對方的來日不多，但是，只要這一天還未到來，我的述說將不會停止，我的咳嗽也不會痊癒。

我將可以不斷述說著我的戀人。只要在戀愛中，我的絮語就可以永遠都寫不完。

「夢見」

1

兩個月前，我在夢中見到對方。我夢見過去的某個戀人跟我說：一起去吃午飯吧。我拒絕了。然後對方出現了，面有得色地對他說：她是答應了跟我吃午飯呢！

醒來後我忍不住微笑：自己在夢中還是很誠實呢！

2

昨天我在一個團體活動中跟對方碰面了，表現得毫不在乎。然後第二天早上他發了一個短訊過來：我在夢中見到你。

我撒了一個謊，回說：我也是。心裡想起的是兩個月前的夢。

根本不是同時夢見對方。但是，我是一個寫小說的人呀！撒謊跟創作根本沒有分別。而且，這個謊話很浪漫。

「得到與得不到」

1

我有時候也覺得我們後設的相處模式很有趣：

我說：你的目的其實是什麼？

他說：你覺得我不可能是沒有什麼目的的嗎？

我說：你只是想贏罷了？就讓你贏吧！我不在意。

他說：你認為我是好勝？你太不了解我。

我在暗笑，對方說的每一句話我都不相信。後設的相處方式，把一切都事先說明：包括我們的無情和懦弱。我們同時是兩隻貓，或是兩隻老鼠。後設並且可以讓兩個互不信任的戀人保持著不信任的狀態。也是因為如此，我們一直都在一個很平衡的狀態之中互相尋對方開心。

2

一個花心的男人，他的生命就在分配給不同女人的時候消耗掉。所以到後來都必須以冷淡來逃避混亂的情況：他無法同時兼顧多份的工作。反過來說，每一個「他的」女人因此都能夠分到不多不少、獨一無二的一部分的他。儘管他的套路和對白可能都一樣，但是，只要他遇上一個寫小說的女人，結果就一定不會相同：至少他最後還會收到一篇有關他的小說做紀念。這一部分的他我就收下了，不論是他的女友還是太太，或是其他不計其數的備胎，我們共同創作的敘事是只有這篇絮語的戀人才能得到的獨特體驗。

「接觸」

我已經不是小孩子了，不會為了日常生活中跟戀人無意的觸碰而感到心跳不已。但是，那寥寥的每一次我現在都能回想起來。每一次交接時手指的觸碰、坐在會議桌旁討論工作時右腿的觸碰。好像是了結了一項儀式：我們總算也觸碰過了。沒有心動，卻會記得。每一次我都心想：如果我們都是十多歲時該多好。放棄了計算和心防，不講究付出或是犧牲。現在的我們，誰先心動都代表戰敗，連觸碰都不感到愉悅。這就是成年人的愛情吧。口裡討論的仍然是工作，彷彿我們會在一起的意義就是我們有著共同的工作。

「渴望擁有美好」

不是不忠，也不是要挑戰什麼，也不是要追求性和感情，只是強烈的感受到要擁有每一件美好的事物。

這是對方的占有邏輯。

「戰略」

對於戀人在短訊中的回頭撩撥，可以採取以下的方式應對：

1. 如果他發的是疑問句，可以以毫無感情、簡單明白的方式回答。也可以不回答。
2. 如果他發的是陳述句，可以用「哦」、「嗯」等單字回應。
3. 如果他發的是感嘆句，可以回「知道了」。

其他萬能的回覆方法還有「忙」、「在忙」、「很好」、「呵呵」、「哈哈」、「再說」、「是嗎？」、「是的」、「對啊」、「不是吧」、「不明白」……

前提是你曾經對戀人很好很好，而唾手可得的溫暖在意想不到的時刻永遠失去，是對自私男人的最好懲罰。（懲罰什麼？）

如果你是太心軟或者愚蠢，那就什麼都別學，只記得一條：無視。

「真正的融合」

相比於肉體上的結合，我和對方的狀態可以稱得上是真正的愛情。我們是截然相反的兩個人，我並不認同他的所有，包括價值觀、習慣、形式和美學。然而，在這段時間中，我發覺我對他的了解已經深入到一個恐怖的地步，他的一切都已深入我的骨髓：他簡略而容易引人誤會的表達方式；他淺薄的內心與深沉的表面；他的行蹤不明；他的飄忽不定……全都來自於他深深的驕傲與自卑。我的思想不期然地學習了他的厚黑學；我的表達不期然地摹擬著他的修辭；我的生活習慣不期然地仿效著他的規律。一開始時我是想著抵抗：以其人之道還治其人之身。但是，這種做法卻做成一個無法逆轉的結果：我已經變成了另一個他。

我忽然深深的感到害怕：一開始我不是已經把他設定為生命中的過客嗎？為什麼我有一種他已經成為我一部分的感覺。我可以把他推開，但是我不能把自己的某部分切割。

「撒嬌」

他內裡還是一個小孩子。小孩子就意味著予取予求。這種想法是所有母性氾濫又心性軟弱的女人的共同思想設定。只要把他想成小孩子，我就有理由繼續縱容他了：可以繼續維持關係的藉口。女人的通病就是不想放棄任何一種關係。我們以與別人維持美好關係為榮。所以我們不停說話，因為說話表示關係在繼續著。如果你愛他，你就不能放棄他。要到多次失望後，來到某個點，女人們才不能不接受這個事實：他不是小孩子，他只是一個自私的男人。自私沒有什麼不對，誰說你愛他他就要同樣愛你。

我從來沒有寵愛過對方，我也無法附和他。如果我沒法把對方當兒子看，也沒法把他當男人看，那麼，我們就做一對各執一詞的陌生人吧。（「一對陌生人」，這個修辭本身就具有矛盾性。）然後直到某一天，我已經對你無所執著時，我們就以無視來回應對方，心裡所想就冷暖自知吧。

「角色」

1

有時我又感到對方和我的性別角色根本是互換了。他的猶豫、多疑、小家子氣根本與一個女人毫無分別。（他就曾酸酸地對我說：你做什麼都是好的！）他渴望我去懂他，但是我的男子氣發作，雖明白卻不肯遷就。

看著每天在互相鬥爭的我們，我心忽然明瞭：我們根本就是兩情相悅！只是，我們的愛也是這樣的不足，少得連一點點爭取和奮鬥都不願意去做；而且，如果我們喜歡的人都不止對方，這種兩情相悅是沒有任何意義的。我們的互相鬥爭就是在懲罰這樣的自己：我們根本沒有做什麼去改變現況，而只是不斷把氣發洩在對方身上，並且以互相虐待為樂。

就讓我們永遠這樣下去吧！

2

他知道這樣下去只會把我越推越遠。我也知道我在把他越推越遠。心靈是如此的接近，關係卻是如此的遙遠。戀人的鬼魅無時無刻都在我的四周，我將要一生都這樣的生活下去嗎？

我又再興起逃走的念頭。我覺得我太愛你了，所以我要離開。在以前，每當我聽到這樣的話我都覺得是託詞，是男人欺騙女人的謊言。但是，今天我第一次明白這句話的意義：我太愛你了，以致我沒有了我自己。我只有變得恨你才能逃離。

然後，我倆都會找其他的對象，去排遣這種只想愛一個人的感覺。這樣我們就可以既逃避對方又逃避自己了。

3

耐力比試。忍耐了多天以後，對方終於又來撩撥。我端起架子，愛理不理，心計全面運作。短訊發過來不能即時回覆，吊著。討論工作的事，毫無感情地回覆，字數能少則少。對方說明天要跟我討論某件工作，如果要按照所有正式程序，他應該還要通過幾項申請才可繼續。我回覆：「所以請你正式寫申請信給我。」

我以為這本來是一句冷漠無情的話，但是在對方看來卻是一句調笑，他立即高興地回：「我不懂怎樣寫，明天可以教我嗎？」

我沒有再回覆。

第二天，對方若無其事地說：「你不是會教我寫申請信嗎？」我一本正經地向他解說，口氣接近嘲弄。他突然變臉說：「我以為我跟你的關係不用講究這些！」我冷笑回道：「我和你是什麼關係？」

他立即奪門而出。

我既愕然又愉快。這是對方難得一見的情緒波動。

然後幾分鐘後，對方又若無其事地回來跟我討論工作了。

我的愛情距離我越來越遠了。（再這樣下去，這篇小說就快變成了一本不倫不類的通俗小說了！你思考了什麼戀愛的問題呀！）

之所以會變成不倫不類的通俗劇情，反映的是這場戀愛的無可救藥。它既無結果，又無意義；既無真愛，連性的發生也付之闕如。只剩下一堆拖拖拉拉的勾心鬥角，既無鬥智鬥力，也不能帶給讀者啟示和警惕。但是，我反而覺得它更接近我們的人生，因為它充滿了懦弱、無奈、犬儒、得過且過。是一種如死水、和稀泥的狀態：就讓戀人們腐朽下去直到死亡吧！

鬱悶。如果我妥協，對方根本不把我放在眼內；如果我反抗，則猶如斬殺了兩人的關係。剩下最後的一條出路：逃走，徹徹底底的逃離。但是，只要對方一再出現，互虐的情況又會持續發生——或是我占上風，或是他據優勢。

真是令人感到噁心的狀態。

「實驗」

1

對對方來說，一次又一次的曖昧是對女人的一場又一場實驗。每一次的實驗結果加強了他對女人的結論：沒有一個真心的女人。女人們都是稍加撩撥和引誘就會墮入情網的物種。先是撩撥，繼而是持續的關心，然後是突如其來的冷淡，最後只需要等待女人自投羅網。不主動不拒絕不負責，這是捉緊女人心理的必勝法則。

對方說：我用的是內心的感染力。時間是慢一點，但效力持久。

一次又一次的實驗，在一輪偽裝的低聲下氣、貼心溫柔以後，這些女人都必定會反過來被掌控。

當女人看重的是真情，對方卻是以程式和實驗的態度去相處。究竟哪一方才是悲劇？

2

對方常用的方法其實就是一種人質情結。過去的女人在被各種程度的武力脅逼而屈從後，就會產生一種愛的錯覺，以減輕自己的痛苦。從演化的角度來看，女人的性高潮都是由被脅逼性交下演化的自我防禦機制：既然我無法避免痛苦，我就學習享受它吧。

二〇二一年的戀愛當然已很少以武力的方法去實行，但是，不斷的電話和短訊、不斷的思想交流和情感運輸、不斷的陪伴和談話，仍然會讓女人產生一種依賴和沉溺的感覺：我被虜獲了，並且被禁錮。只是，我是被無形的武力所虜獲，並且被禁錮在沒有實體的囚牢之中，而實施情感虜劫的人仍然可以說：是她自願留下。

只要一天社會中仍然存有男人是捕獵者，女人是被獵物的想法，這種斯德哥爾摩症候群的情況就不會改變。一段時間持續不斷的思想感情禁錮，然後突然的離去和抽離，令被禁錮者產生一種離不開施虐者的錯覺：他雖然對我不好，但是他愛我。我不能離開他。

但是，現在已經是二〇二一年了，女人們仍然要為自己的意志薄弱去找藉口嗎？你們明明可以自己大步離去的。前人的經歷已經告訴我們很多次：「愛情」的錯覺就是要令你沉醉而放棄自我，並且心甘情願地讓女人放棄工作、放棄理想、放棄健康、放棄生命去成全其他人的人生：生孩子、組織家庭、服侍男人……只有在遇見「愛情」並揚棄「愛情」以後，女人才能真真正正與一個男人並肩而立。

3

男人都不怕心儀的女性已有男朋友，甚至認為這樣更加容易到手。因為沒有男朋友的女孩子，男人面對的競爭對手可能有很多；已有男朋友的女孩子，男人面對的競爭對手則只有一個。

對方總是問我：有沒有其他男人跟你說過這樣的話？有沒有人跟你這樣、那樣？我總是虛偽地回應：從來沒有人讓我感到這樣、那樣……戀人希冀著的擁有和控制實在是不切實際。我在說謊。如果沒有我各種各樣的過去，又怎能成就今日你眼前的我？連我這樣的空想主義者都不曾渴求過是你所有經歷的第一次，你又如何能成為我生命中獨特的和唯一的人？每一次的相遇都是如此的獨特和唯一，我們對彼此又能要求什麼呢？

我和對方的悲劇就在於此：我們深知沒有資格要求對方，甚至是連說出自己的欲望和期待都不可能。那麼除了在生命的各個歷程中彼此對望以外，我們還能做什麼呢？不能表達愛意，那麼就引發對方的恨意和妒意吧。除非離去，否則在長久的共同生活中，我們就在日常中互相消耗吧。誰還怕誰？

我們只能依靠互相折磨來表達自己。

「Fading」

訊號漸漸接收不清，混亂、模糊、嘈雜、消隱……注視可以一直維持下去，但聲音總有消失的一刻而不能永遠持久。羅蘭·巴特說戀人的衰隱在聲音裡。但我卻在預期戀人的衰隱即將來臨之際，更早的自我消隱，以維持那無所不在而無用的自尊。

我就要離你而去。快了，不遠了，就在近處，你已經可以見到它的影子。羅蘭·巴特比我幸福，因為當時戀人間的溝通仍要依靠電話而不是短訊。他還有感受到聲音消隱過程的可能，而我，只能說，戀人的衰隱在文字裡。我即將要離開對方了。第一次在文字裡，第二次在現實裡。

我先於對方而疲憊，是我愛得更多還是更少？或許對方根本沒有變化，也不打算離開：他從來沒有「在」。但是為什麼你在感受到我的離開時要有那麼一點的傷感和不解？

對方的感受太慢了。在他終於感到不解時，我已離去很久。

海邊的退潮、音樂的漸弱、視線的模糊、霧氣的趨濃、燭光的搖曳、煙線的吹散、肉體的腐朽、腳印的沖淡、眼神的老去……這些都不足以形容愛情的消隱。

「敘述的需要」

1

戀人不斷地掉進戀愛之中，這全是源於一種「敘述的需要」。只有與我在戀愛中的人才能成為我的理想讀者，我才有動力源源不絕地把自己剖開、追憶、敘述和創造。每一次的敘述都不一樣，就好像舞臺劇演員般，儘管已對千篇一律的臺辭倒背如流，然而，在每一次的敘述演出中，我總能夠順應著舞臺、燈光、氣氛、對手等，創造出與上一次不同的演出。我在塑造自己，內容有真有假，每一個戀人都只能見到我的真實的某一面。我在創作自己的過去，企圖改變現在和未來。而這種敘述的的確確在改變著每一刻每一秒。

我對不是戀人的人感到煩厭，絕少表演自己的過去。失去了我的理想讀者，我就只能退回寫作之中，像一個收拾破爛的人，把半真不假的過去的碎片整理組合，以屍體的方式呈現在其他讀者眼前。

2

我和對方在虛擬的世界裡愛得痛苦痴纏，而在日常生活中我們卻是心照不宣的普通朋友；但是我也慶幸這種似是而非的戀愛狀態：我隨時可以逃走，甚至不承認我們曾經「在一起」過。這樣說來，原來我在日常生活中根本就不需要這個戀人，他只需要在我的文本中存在就可以了。日常生活中的他只需要為我提供一點情緒、一點感動、一點牽引、一點他仍然存在的消息就可以了。而我，反過來說，則更是對他來說一點作用也沒有。對方不需要想像，不需要依存，他什麼都不需要。他甚至不需要寫小說！那麼，我的離去其實是必需的，沒有文本的地方就不需要我。

3

回想那時的我們，當真有那麼一點點真心嗎？就在愛情發生的那麼一剎那，我們卻一起倒退一步：不可能的，我不能給你承諾。而從根本上我們都已經不相信任何承諾。但是，沒有承諾的話，我們又有什麼理由更進一步呢？我們都滿足於一點小小的幸福：在長久的、大量的掩飾下，我們這一刻終於都證實了彼此的心意。就只是證實了，還是可能根本都沒有證實過。單憑一首流行歌的交流，這樣單薄的符號，它們能盛載這麼多的意義嗎？

對方什麼也沒有給我，但他也從來沒有要求。

「不能形容」

某一次，對方提出了某個要求，我回說：「不好了，原來你真的是喜歡我。」

對方回答：「『喜歡』都不能形容。」

那麼，應該用什麼才可以形容呢？

愛？迷戀？思慕？渴想？吸引？

這些全都不是。二〇二一年的戀人需要的是一個更為淡然而深沉的詞彙。

「牽引」。只有這個詞能夠表達我們的狀態。既不是喜歡也不是愛，就是一種不知為何總被牽引的狀態。是什麼在聯繫著我和對方呢？在我們彼此看不見大家，或是相距十萬八千里的狀態下，我仍然感覺到我們正在「牽引」著彼此。不管哪一方選擇逃離、斬斷、割捨、分開……最後總仍是有些什麼在「牽引」著我們。怪不得我們可以不斷的吵架、冷戰、調侃、挑釁，因為，在心底裡的某一處，我們都明白這種「牽引」的存在：我們之間誰也不要妄想可以走得開。

而我，則只能用這篇絮語來當作回答。

「草東」

對方喜歡「草東沒有派對」的歌。

於是，陪伴著我度過這段戀愛的就是他們的歌。他們的音樂就是我在這篇小說中的運作模式，也是我在這場戀愛中要實驗的形式：一種片段式、碎片式、絮語式、夢囈式的生活和思維模式。

那無謂的是非多讓人陶醉和那些我看不見視而不見的黑

整首音樂中只存有這麼一句，而不斷的重複和沉吟著，直至到永遠。今日的戀人講究的應該是片刻的最重要的那一句那一瞬，除此以外無需再回憶的一段斷片。其他的事太多，我記不住，也無需記住。在勞累和繁忙之中，我們只需緊握我們記憶中的最後一段稻草，不論是在生命中、在戀愛中或在小說中，然後重複又重複的反芻那麼一刻的感覺，就足夠我們繼續生活下去。

我寧願閱讀其實只說了一句話的重複又重複的絮語，也不要看說了很多東西和道理並且敘述完整的文學作品。因為我知道在我死亡的那一刻，並沒有時間重溫生命中各個具有完整意義的時刻，而只有閃過每一次戀愛中的一段斷片。生命中所謂最重要的人都不會趕得及在我死亡前出現，而只有這些將來我早已遺忘的斷片。

「書寫的非必要」

我經常這麼說，我們總書寫關於一個人的死亡，或一段愛情的殞落，也就是說，書寫通常沉溺、耽溺在這種缺席的狀態下，然而並無法因此把那些逝去的時光或活過的日子彌補回來，而只能標示出這段空缺所留下來的荒漠。

——莒哈斯

我與莒哈斯不同，我是在把一段正在發生的戀愛記錄下來，或是，我希望用現在進行式來表述這段戀愛。我希望的是讀者與我一起經歷而非追憶。然而，當我用文字把這段戀愛書寫下來的時候，它就已經是一種過去式的狀態，並且隨著我的書寫而漸趨死亡。我越是想把它記錄下來，它離真正的死亡就越近。然後我不由自主地以追憶的口吻去記敘這次戀愛，並且通過適應這種死亡的語調而逐漸接受了愛情的逝去。然後我終於能面對這樣一個事實：我在決定書寫這篇小說的那一刻，我已親手處死了這一次的戀愛。

「訊號」

我感覺到對方發出微弱而寂寞的訊號，但我控制自己要像個不理嬰兒哭啼的狠心母親。我告訴自己是我多疑了，對方好端端的在某一處正開心呢。但他正在關心一些他平日不會關注的事，正在發表一些平日不會留心的意見。在群組短訊中，我仍然沒有回應他，任由其他人跟他不鹹不淡的對話。然而在我眼裡，這些都是寂寞的訊號。

一條又一條的短訊，仍然引不了我出來答話。

我已厭倦了這樣的拉扯狀態。

「徒勞無功」

1

什麼叫做徒勞？即是所付出的努力換不到任何成果。但是，如果我根本不需要結果呢？我根本不抱任何希望呢？

我已經明白很難再把情勢扭轉，我已經不能改變我自己定下來的軌跡：疏遠、逃離、互相厭惡。（這不是你自己所希望的嗎？）要不……要不……如果愛情是可以用選擇的話，我早就知道自己應該如何自處。

我只需要**在場**就可以了。我只需要可以**延續下**去就可以了。縱使我們已沒有任何交接，但是，只要可以繼續下去，不論是以任何形式，我的戀人絮語仍然可以無止境地繼續下去。

2

「聽其自然」是何等誘惑的一個符號，彷彿戀人可以選擇似的。不是很簡單的事嗎？**要不**你就抱持希望繼續下去，**要不**你就放棄期待抽身離去。而你卻選擇逃離選擇，那麼，「聽其自然」不就是你唯一可以自我安慰的第三條路嗎？在戀人看來，「聽其自然」不過是放任生命的消極的策略，它包含著一種自欺欺人：命運或許會把戀人送到我面前呢？如果不，則表示命運決定了我和戀人無緣。於是，我就不用選擇了。

「聽其自然」本身已經代表了妥協和認命的態度。「聽其自然」比起任何的選擇都更為不堪，然而它也跟上述兩種選項相同：其實都不是真正存在的選擇。如果可以選擇這三個選項，那麼還有需要繼續這篇絮語嗎？就是因為怎樣做都不妥，怎樣選擇都不能，才會有無窮無盡的敘述和思考。

有沒有其他出路？還有第四個可能性嗎？

3

對方在會議室門外遇見我，停了下來。本來打算形同陌路的我只好停下，問道：你是在等我嗎？

對方說是。

為何永遠是對方做了某個動作，然後誘使我去確認和詢問？這一個日常生活中的普通場景充滿了這場戀愛的獨特的寓意，它本身就是一個寓言：我將永遠是探詢和確認的那個。對方則是在等待，在某一處停下來，等待我來問一句：你也在這裡嗎？

你是在等我嗎？你是在等我愛你嗎？你是在等我說出愛你嗎？為何你永遠都在等待？等待我從未知之處而來，等待我不知什麼時候出現，等待我在遇上你後，向你問一句：你是在等我嗎？如果我永遠不出現呢？如果我出現的時候你錯過了呢？如果我在遇上你後卻不理會你呢？你仍然選擇等待嗎？

你的主動性就是在等待。你認為自己已經做了應該做的事。你自信只要在等待，路過的我就一定不會不聞不問。你就知道我不會做得到這種冷酷的事。

但是，你所不知道的是，總有一天我在這條路上不會只遇見你，或是我將會選擇走另一條路。那麼，你是否仍然只會等待呢？

4

對方在路上遇到我，就站住，等待我走上前問：你是在等我嗎？

對方回答：是的。然後我們交談，我沒有在這場談話中討好對方，或說一些他希望聽到的甜言蜜語，只說了一些調侃對方的話。

然後，我們在另一條路上又碰上，我只好又上前問道：你是在等我嗎？

這次對方沒有給我任何回答。兩人都不發一言，然後我就走開了。

或是：

我在路上遇到對方，就站住，等待對方走上前問：你是在等我嗎？我會回答：是的，我終於等到你了。然後我們就會交談甚歡，快快樂樂的一起走著談著。

「執著」

我有千百件工作等著我去完成，但是我卻坐下來寫這篇絮語。只有寫的時候我才能思考這樣一個爛局面。在寫小說的時候，我感到我又可以跟戀人對話了，他在我的筆下可以自由地存在，他可以擺脫現實中的各種壓抑和沉悶，我感到我可以跟他溝通了。我心甘情願地寫，好擺脫我不甘不願的愛。我並不願再愛下去，我只是擺脫不了。我討厭我的戀人，討厭他的所有行徑，甚至看不到他有什麼優點和長處。我根本不需要這樣的一個戀人。如果我可以喜歡別人就好了。我只能借助別人的力量去擺脫。有沒有哪個無辜的人可以借我用一下呢？我寧願離去也不願再喜歡我的戀人。

「形式的崩坍」

1

我被打動的是〈以後別做朋友〉這首歌的力量和傳送這首歌的形式本身。但是，如果對方不是單單對我運用這形式呢？不單不只是單單對我這樣做，根本可能就是對每一個對象都做相同的行為。我不僅不是第一個，更不會是最後一個。甚至，這首歌本身可能就是對方某一個曖昧對象傳過來的。那麼，我還會為這種形式而感動嗎？

單單是想像這樣的可能性，已經令人感到噁心非常。但是，這根本是自然而然的一種必然呀！對方是怎樣的一個人，我在未曾認識他的時候已經知道了。我也不是第一次收到男性傳送流行曲表達心意。只是，不合情理的地方在於，我是明明預知這是一份虛偽的假情假意、一項並不純正的自我創作、一次並不專屬為我而生的演出；而我，為何仍然被這種形式所打動呢？

是因為這首歌實在太適合表現我和對方之間的狀態了。這是一次非常貼切的引用，引用本身已經包含著一種全新的生命力，它在被引用到其他相同的女性狀態之上，都能達到相同的效果。這是一種為文本賦予再一次生命的美麗的形式，只要它不被識破：這種形式其實並不是只**為我**而生。除了我以外，還有其他不少的女性，都不能跟他在一起。不僅不能，更是不願。因為我們心底都知道，這個人是多麼的可憐。他只能在不斷為既不同而又相同的多個女性演出，才能滿足他心底那無法填補的空洞。我們在享受他的演出之時，卻不能忘掉這是一次演出。我們在被打動的同時，卻同樣感到各種難以說明的不對勁：形式本身是完美了，但是感情卻是空洞的。

可惜了這樣的演出。對方已經無法在每一次的演出中都付出心力和情感了。這樣的演出是多麼痛苦呀？為何還要繼續呢？為何要為女人而演出，而不能真真正正為自己演出一次、痛痛快快面對自己的真實呢？

2

在這樣的狀態之下，我和對方又在電梯中遇上了。對方不知道我已經知道了。我已經喪失了陶醉在他的演出中的理由和權利，然而對方卻繼續演出。Y說對方都喜歡為同一類的女性演出。原來我是在一個類型中的嗎？我真的與其他人那麼相似嗎？這一刻我才知道對方也跟我一樣：對我做出想像。對我做出想像即是並不以真正的我為藍圖。我把真實偽裝成假意，把假意扮作是真情：我同時也在演出。

演出就等如作假嗎？我和對方都太有舞臺意識了。我們都知道自己登上了舞臺：總有某一刻演出會完結，演員都要離開舞臺。演員有兩個選擇：要麼在臺上假戲真做，享受片刻的溫存；要麼由頭到尾都在演戲，務求完成每一次的演出，盡了演員的責任。

那麼，我是前者，對方則是後者。

3

對方為其他女性演出的時候，應該是較容易投入的吧。因為她們都不知道。「不知道」本身成為愛情中的第四面牆：演員假裝觀眾不存在，自己演自己的戲。觀眾也在潛意識中忘記了演員正在演戲（喂，是假的！），因此能夠毫無保留地投入到這場虛構文本（或愛情）之中。而我，卻由開始已經不斷打破這道第四面牆，我質疑對方的文本：你不能當我是觀眾，因為我知道你在演戲。

我痛苦地想：我為什麼要看穿呢？我為什麼總忍不住去揭穿現實和虛構之間的界線呢？我為什麼就不能像其他女性一般全心全意地享受對方提供的演戲的愉悅？我為什麼要不斷向他大叫：我知道你在演戲，你的戲太假了。

我很早就知道我不能接受現實主義的愛情，而只能以現代主義和後現代主義的方法去看待每一場戀愛演出。我是注定無法享受**純真**的愛了。

4

真相在一次又一次的被揭露出來。我曾經叫自己停手：揭穿了對你有什麼益處？讓對方繼續努力演出吧。我眼裡的不屑已經不由自主的傳到對方眼裡，他的演出更為差劣了。（是害怕？羞愧？還是不在乎？或許是從來沒有愛。）

漸漸地，對方在我面前只能演出默劇，因為他在一個不屑當觀眾的人面前，再也不能隨心所欲地念誦他的對白。他每一次的演出都不再流暢、形式不再完整、感情也不再有交流。我已親自移除了他能演出的舞臺，他就像一個街頭藝人一般，從此只能流浪到每一個其他人的面前，短暫地演出他已經表演過無數次的幾項技藝，直至他再找到另一個理想的觀眾。

「Vaporwave」

二〇二一的戀愛狀態是類似蒸氣音樂的感覺。蒸氣音樂這種曲風具有一種商業的頹廢，它不是詩人的萎靡。它不斷的重複和沉溺，具有強化某種幻覺的效果。它不高尚，強調通俗易明，只抓住某一點、某一主題、某一節奏，不斷的重播和強化。一般的流行曲大約在三至四分鐘之間，但〈Macintosh Plus — リサフランク420／現代のコンピュー〉卻可以播放超過七分鐘。它具有絮語和戀愛那種耽溺的特徵：普通人就算不能完全明白，卻總能抓到某些東西，不至於一無所獲。

我們可以學術一點去形容二〇二一年的戀愛與蒸氣音樂的關係。它是極度的資本主義的產物，強調簡單而繁瑣的細節，以不斷重複的形式去達到耽溺的效果，表現人們對現實是完美騙局的看破和豁然。懷舊，因為無暇再接收過多的新事物；專注而沉溺，逃避現實太多混雜的訊號；享受浮誇虛幻，在現在擁抱過去和未來。

二〇二一年的戀愛，從根本來說，就是同時對對象的迷戀和調侃。這篇絮語也是。我沉醉於這樣的狀態，既痛苦又快樂。

「無味」

強制手段：我要以一種異己的語言來分析、認識、表達；我要將我的痴癲展示給我自己看。

——羅蘭·巴特

1

明知道對方是怎樣的人，並且看出對方對不同女人的回頭撩撥，只是因為各種利用，或是近乎小孩子的撒賴：他不能接受失去任何曾經屬於他的玩意。這是每一天在這個城市上演的一幕一幕鬧劇，劇情甚為低俗。我雖然在參演前已經預計到各種劇情發展，卻如坐雲霄飛車一樣，明知道俯衝下去的剎那是必定的驚心，仍然止不住心跳加速一樣；也如同坐雲霄飛車一樣，心驚的只有一瞬，因為不是新鮮事。只是，隨後的就是不斷的無味。沒有人會預期坐雲霄飛車時能看到好風景。

我可以放棄對方，但不能放棄這篇絮語。如此一來，我仍然需要面對有他的每一天的日常。

2

比起揭穿對方，我更希望看清自己的醜態：你曾經沉醉的是如此容易不攻自破。愚蠢、貪婪、心計，一一都反照著你寫這篇絮語背後的醜陋：這根本不是愛情。

一般來說，戀人在這個時刻都希望報復；但不能否認的是，不論這場戀愛有多醜陋，它能令我更看清自己：重蹈覆轍、無法滿足。我其實跟對方是一個樣。

只是，我唯一可以引以自慰的是，他毫無創造力的重蹈覆轍，而我至少有篇絮語作為聊勝於無的安慰。

3

我應該把他留著。在噁心的感覺過去後，我在想我和對方是否可能以等價交換的方式相處。我早已明白他的計算，然而，我和對方的不同在於，不論這場戀愛有多醜陋，我都不相信它從來沒有任何的投入。對對方來說，每一句的哄話、每一次的陪伴、每一場的聊天都是一種**投資**，將來總是需要有回報的。對一個計算的人來說，投資就是愛。如果對方全然不需要一般人所說的愛的話，那麼，拉攏、滿足虛榮、提升自信、獲取好處，這些都可以是對方世界中的愛。總之，他要覺得自己沒有**虧本**。現在我突然離去，怎麼樣都會令他覺得過去的投資翻不了本，或至少沒有太多的回報。然而幸好，對方也不是投入了太多資本，未曾足以令他割捨不下。

那麼我呢？在每一句的哄話、每一次的陪伴和每一場的聊天之中，我確實得到了某種的愉悅：對方曾經令我快樂。然後我也付出了，不過是付出了對方未必覺得有用的想念、思考和心計。我甚至未曾真正讓他好過，我的每一句甜言蜜語都掛著玩弄和嘲笑的標籤，處處在提醒他：我知道你在做什麼，我們彼此在尋對方開心。但是不論怎樣，對方成為我再次思考愛情的契機，更促成了這篇絮語的誕生。

我真正付出了心力的地方，就是這篇絮語。它是一次醜陋而虛妄的愛情的記憶之墳。

「Aura」

1

我做不到遊戲人間。相信愛情仍然是戀人這個在二〇二一生存的人的不可思議、不合時宜的特徵。不管這樣的愛情有多腐朽和不堪，它畢竟是一次愛情呀！

對方說：只有心靈空虛的人才會相信愛情。

我卻要說：不再相信愛情的人才會心靈空虛。

對方既不相信愛情，卻又不斷追尋更多的愛，要去填滿他那永不能填滿的虛妄心靈。我卻是過分相信愛情，所以不斷的遇見愛情，要去補充我那永不滿足的創造性想像。

一個沒有想像力的人成為了開啟我想像之門的鑰匙，還有比這更諷刺的嗎？

2

離開了對方以後，我頓感難以想像。我不屑回憶，卻沒有其他想像的素材。我仍然要依賴我的戀人，或是我過去的戀人們。對方已成為埋葬於記憶深處的其中一個戀人鬼魂，我連拿他來祭奠的欲望都沒有。我對他已經失去了興趣，怎麼辦？這篇絮語要怎麼辦？

回想最初，是對方啟動了我塵封多年的想像力，最後，卻是因為他的一個殺滅創造力的舉動而令我再次喪失了對他的想像連帶愛戀。就是這麼簡單的一件小事，就足以令到對方失去了啟發別人想像的力量：一種靈韻（aura）。

3

班雅明早已給了我提示：在機械複製時代，大眾有一種欲望，渴望把「事物」變得與自己更為接近。在藝術上來說，通過複製來對抗藝術品的獨一無二性：靈韻。人們要消滅這種令人崇敬和沉醉的靈韻，就必須通過擁有它的複製品或代替品來占有對象。這明明就是在預告二〇二一年的愛情。

在今日這個更為容易複製、更容易找到替代物的時代，我的戀愛不就是用這種方法來運作嗎？我在臉書上看到我渴求親近的對象的形象，通過不斷的觀看，來滅殺我對他的靈韻所感到的震驚。隨後，我的瘋狂想念反映出我的震驚超乎預料，必須再進一步消滅靈韻才能回復平衡，於是，我一再尋求對象的真相：他的過去、他的祕密、他的一言一行……漸漸，他的靈韻減弱了，他在我眼中逐漸變得平庸、俗氣。這時，〈以後別做朋友〉這首歌的出現，重新塑造起他的靈韻，它彷彿表現了這場愛戀的本真性，我被打動了。然而，如你所知，〈以後別做朋友〉只是另一種可以被複製的形式，它可以同時無限制地被複製和應用到不同的對象之上。於是，對方的最後一點靈韻被全然滅絕，他變成一個比普通人更為普通的存在。簡單來說，這篇〈戀人絮語〉就是記錄一次滅殺靈韻、拒絕震驚的過程。

班雅明於一九三五年哀悼機械複製時代藝術作品靈韻的凋萎；在二〇二一年，戀人再次悼念的是愛情靈韻的消亡。

4

不少人都說研究不宜套用理論，我卻說：只有駕馭不了理論的人，才會害怕理論。這篇絮語的其中一個意義就是表現某一種情態的愛情，並建立一種有關這種情態的有關理論：一種與愛情相關的理論。同時，這是一種敘事，通過思考而建立理論，並反過來塑造一種有關戀愛的敘事。

萬事萬物都有共同的真理，理論為我們簡化和指明混沌世事的真相，在小說、愛情和生命中，存有可以類比的共同真理，因為它們同時都是一種敘事。

「厭惡」

1 他就在我附近。然而，物理距離的接近已經帶來不了任何情緒上的變化。我們避免眼神的接觸。（啊！我們最早的接觸不就是眼神的觸碰嗎？人生如若初見。）他的魔力已經消失，在我眼裡只剩餘一個普通人的形象。但是，我眼裡的餘光仍然會找尋對方，這是一種習慣？還是一種依戀？我已經不愛眼前的這個人，但是，他對於我是太熟悉了，在短短的數個月之間，我了解他一如認識了一生。不，我其實並不真正認識他，以致現在只要我一發覺他跟我的想像不同，我就會失望、厭倦、鄙視對方。我怎麼對得起我的愛情呢？它原本應該是如此的透明清澈，卻在開始後不久即混合了全面的虛偽和庸俗。對方不如我的預期。這是誰的錯？只能是我的錯吧。

2 對方不單不如我的預期，甚至比我預想的更為差劣和庸俗。我看不透對方，就只是因為對方不愛我。對方也不愛其他人。我是他的女人之中的某一個，但同時我也不是。我就坐在他的對面寫著這篇絮語，而他並不知道。他以為我是其中一個他搜集的女人，但是他不知道我在創造著他。一個可以寫作的女人最大的優勢就是：她可以創造男人。這個男人可以是極為普通的一個人，但是通過她的話語：她說，要有男人，就有了男人。她才是造物主，而他只能在他狹小的世界中不斷進行搜集。

對方就像一個小孩子，每次看到新鮮的東西就想據為己有。同時也就像一般沒有良心的小孩子一樣，過後即忘，忘記了最初為何要擁有；而一個寫作的女人，在她的小說中梳理世界，建立秩序，為每一個不成熟的男人製造意義。他經過她的書寫後變了另一個符號，對方成為了象徵。

他就在她面前。兩人都沒有眼神接觸。但是，他們都共同存在於某一個時空，呼吸著同一處的空氣。

她說要有光，就有光。

3

已經沒有了愛，那該怎樣寫下去？你永遠無法愛同一個人兩次。

沒有人思考關於愛情的問題，在這個城市中，只有我執念不忘愛情。

對方也不思考，並且彷彿在嘲笑我的過分認真。愛情過去了以後，對方的面貌變化了。每當我再次看到他的時候，他的容貌既熟悉又陌生。熟稔而缺乏感情，就像兩個分開了多年的同學，彼此很想聚舊，卻又陌生得不知從何說起。

他藉故用手機拍了我的一張照片。我說：請你把它刪除掉。他說：我偏不，我要用來留念。

我明白他的意思。這是他為自己製作的翻牌子名冊吧。既然我可以用文字把他記錄下來，為什麼他不可以以影像的方式來記錄我？我可以想像他就如我一樣，用他自己的方法，去為自己製造一個又一個的戀愛故事。在他的紀錄當中，我就如他的妃嬪一樣，在等候他的隨時臨幸，並且不會反抗，只會等待。

我想跟對方說：請你忘記我吧。請你在你的世界徹底的把我消去吧！我不要我的形象在你的記憶中殘留下去。我不要成為你的記憶的一部分。

對方拍了我的照片。我跟他說請你把它刪除掉，但對方說要用作留念。

有什麼好留念呢？在一片廢墟中立碑是一件多麼可笑的事。我已經在消除我自己的記憶。在這篇絮語中每寫一句，我和你的故事就死亡掉一點，直至把廢墟也消滅掉吧。那麼屆時尚能剩下什麼呢？比一切尚未發生更為混沌的存在吧。

「保護」

我在對方心中也會是需要被保護的嗎？我很驚訝的發現了這一點。原來他也會想在我的面前表現男人的一面，他在等待我的讚美和欣賞？對一個你不在乎的人，你會想得到這個人的關注嗎？我越發不明白了。

我一直覺得是我在包容對方，但是事實的另一面好像不是這樣。

有一次我們和其他朋友在一個龐大的人群中排隊，他就在我旁邊。眼看不守秩序的人們快要把我和他衝散了，他忽然轉過身來，指一指他前面的位置，示意我走過去。我就這麼乖乖的走過去了，在他的前面默默的站著，背對著他，一直沒有再轉過身去，腦海裡什麼都沒有想到。但是當我現在回想起這一幕的時候，卻仍然感到了不可思議。在一群陌生人的映襯之下，我才發現，不論如何我和對方仍然是有著聯繫的。儘管我執意要跟他變回陌生人，但是，事實卻告訴我：這是不可能的。如果換了其他人，他會如此示意嗎？如果換了其他人，我會如此走過去嗎？為何偏偏就在快要被衝散的當下，我會望向他，他會望向我，然後就成就了他示意的一刻？我們為何不是望向其他朋友？這個舉動包含了很多的訊息：我們有我們自己的訊號和默契。但是，他主動示意，走過來的卻是我自己。這是他一貫的做法：他沒有拉住我，沒有拴住我，只是輕輕的示意，然後我就走過來了，因為我知道他這一刻的好意：他願意保護我，我願意被他保護。我沒法拒絕。某天晚上也是一樣，我們攔不到計程車，忽然一個男人在我旁邊糾纏起來，他就下意識地擋在我和那個男人中間。其實我並不怕，我足以保護自己。但是，我明白他那一刻的好意。就算是作為僅僅作為朋友的好意，我也明白了。

就是那麼的一瞬間，我成為了單純的女人，他成為了單純的男人。就只是一個男人示意他要保護一個女人。

就是那麼的一瞬間，我選擇了原諒。儘管我已經不再愛他，但是我也不能再討厭他了。

「虛擬世界」

我和對方在虛擬的世界中互相傷害，今天我在短訊中用話語責備他、諷刺他，明天他則在短訊中說分手說離開。但是，我們從來沒有在真實的世界中互相說明我們的感情和狀況。只有我和他兩人的時候，我們寧願沉默。他或許是害怕面對，我則懶於揭破。我們從來沒有討論過我們之間的問題，不了了之是我們這段關係中的代名詞。

在這次的不了了之之後，我們明天又可以回復到若無其事的現實生活的狀態。所以我們一直在保持關係，沒有人努力在維持，也沒有人刻意要中斷。

「拒絕」

1

我已經嘗試了各種不徹底的拒絕方法，但是看來對方的頻率跟我不同，他並未感到我要完全的離開。零星的吵架，是我已經不再在乎有沒有他這個朋友的結果。但在對方看來，這彷彿是一種感情的聯繫。無視也沒有任何效果，對方總是在含蓄地撩撥：發過來一幅跟我們過去相關的圖片、在眾人面前表現我們的熟稔、在公眾場合的言語暗示……我就像被潑了一身的汙水，乾透了也不能再稱為潔淨。我加強力度打擊他：暗示我跟其他男人的曖昧關係、對他忽冷忽熱、對他的所有試探都予以否定……他仍然不肯消失。下次見面的時候，他又再若無其事地出現，彷彿我從沒有對他不好。

L說，他很細心地為你做了很多事。我在心裡冷笑。L實在是太不了解這個人了。我難道會為他的一點點恩惠而感動？這是一個敵人，在我心目中已快要死掉的敵人。他唯一的價值，就是協助我去思考愛情，幫助我去完成這篇絮語。

2

看著他的臉，我已經沒有任何的感覺。但我會留心他的背影。只有在觀察他的背影的時候，我才會感到一種感情：遺憾。我知道他在看我，他也知道我在看他。只是，現在僅有一秒的眼神接觸，再也沒有最初眼神溝通的任何效果了。我看他如同看著一塊肥皂，什麼感覺也沒有。但是，我還是眷戀著他的背影。過去我沒有留神他的背影，今日，他的背影成為了我切切的告別。到有一天我連看他的背影都沒有感觸的時候，我就真正自由了。

3

對方跟我討論一個哲學問題。換了是以前，我定會跟他分享一番我的看法。但是今天，我已經放棄了跟他交流我自己獨特的看法這一舉動了。我喪失了在他面前表演的欲望，我也不再希望他了解我，我甚至覺得他沒有資格明白我。我只微微一笑，想起Y說的話：跟他在一起毫無營養。

過去我以為他的寡言是深沉，現在我明白這是因為他的淺薄。隨著時間的過去，我越加發覺對方的淺薄無聊的一面。我訝異於自己的變化，已經想不起過去在愛情之中的美好。這篇絮語也必定如這場戀愛的發展一樣，注定有一個淺薄無聊的結局。

4

我和他之間充滿了各種符號，但是他只記得他自己發出的意象。我的各種曾經和他一起建立的符號都不及他自己發展的意象。我只是一個局外人，我在自己的戀愛當中只是一個旁觀者。他有著他自己的過去，有著他與其他人構築的暗號和符碼。

我當然也有著不可告人的各種祕密和過去。然後兩個充滿黑暗的人在遇上對方後發展出一段淺薄無聊的關係，這段關係根本比不上過去任何一段刻骨銘心的感情。然而，就因為這段關係是正在進行的，它與其他過去式的關係就有了不同。期待有那麼一天，這段淺薄無聊的關係正式終結以後，就會消逝得連記憶的影子都找不到。

5

我不能再寫下去了，這篇絮語看來不會得到善終。羅蘭．巴特說：「哪裡有痛苦，哪裡就有主體。」我痊癒了，我已經不再感到痛苦，但是，這樣連帶我的主體也都消失了：沒有痛苦就沒有愛情。由我感到對方淺薄無聊的那一刻起，我就不能再感覺到痛苦；我終於痊癒了，但是我一點都不快樂。我說得像切膚之痛，但是康復後的無聊也令人很難受。我執著要揭穿對方的面具，連帶把愛情的假面也搗碎。虛假的愛情和沒有愛情，究竟是哪一個才更為醜陋？

6

在餐廳中，對方為我叫了一杯水，好讓我把藥吞下。我問他：你是叫來給我的嗎？他點頭。愛情已經離開我很遠了，對方好像仍然不知道。是我的節奏太快，還是他的太慢？我已經離開很久了，你不知道嗎？或許這只是一個很普通的舉動：對方從來沒有別的想法。就這樣，本來可以發展成意象的水和藥，由於已經沒有愛情的存在，就只得打回原型，成為真真正正的普通的一杯水和一顆藥。

7

我已經把我們所擁有的一切意象消耗掉了：以後別做朋友、共撐一把雨傘、對望、車站、秀氣的單眼皮……我們的意象少得可憐。現在它真真正正變成了一段淺薄無聊的關係，因為它已經不可能再產生新的意象。就算有產生意象的場景，但是，由於我已經以這篇絮語把你消耗掉，所以怎麼都不會再有任何新的跟愛情相關的意象產生。我一方面扼殺了愛情以消滅意象，一方面除去意象以斷絕愛情。這種欠缺生命力的關係，正如P所說的一樣，因為沒有營養而枯死了。它最早出現的童趣和幽默，現在都變形而成為淺薄與無聊。

我實在想不到這是這篇絮語的結局。

劫後餘燼

「照片」

1

我和對方留下了一些照片。我抗拒成為他搜集的影像之一，因為照片中的我並不是真正的我，我也不要成為他照片冊中的芸芸眾生。但是，在二〇二一年，沒有人能夠在日常生活中拒絕被拍，我不得不成為了影像而存在於他的檔案之中。

我們居然也有合照。工作的、餘暇的……有一張更是他的設計。（他說，你這樣、我這樣。）我和他就這樣共同組成照片中的場景。我和他共同參與在這張照片中，我們雖然是分開站著，但是卻不能避免的成為了彼此的聯繫：照片中只有我和他。這張照片中只有我和他在聯繫著，並且拒絕跟任何在現實世界中觀看照片的人溝通。在照片中，我和他就像兩個玩得忘我的小孩子，擁有屬於我倆的世界，對外面的世界興趣缺缺。我和他就像死在照片裡，照片世界外的人欲救無從；我在照片的世界裡與他一起存在，在這張照片裡沒有任何人能參與進來。

這是一張由他的意念建築起來的照片，跟一般的普通合照有著截然不同的意義。我有一段時間不敢再看這張照片，因為它令我甚為觸動，也甚為恐懼。

對方就是有能力建構獨一無二的文本世界。

我真的甚為害怕。

我看著這張照片，照片中的自己笑得天真燦爛，當時絲毫不知道這張照片的意義。現在我卻感到自己就像被攫奪進了照片一樣，照片中的我將永遠都不能從照片中走出來。

2

如果不是寫這篇絮語，我都不曾發覺那一刻的我已經被困鎖在那張照片中。對方沒有處心積慮，就只是憑著天性、一種突然的構思、一種好玩的性格，忽然發出合照的邀請：你這樣、我這樣。我也沒有多加細想，就只是憑著天性、一種突然的構思、一種好玩的性格，順從地配合了對方的創造。他要和我一起鎖在這張照片之中。我怎麼就沒有看出這層意義來了？還高高興興地參與到這場綁架之中：我把自己送了出去。這張照片就是一個寓言，寓意我和他的這一段關係：不論將來如何，我和他都曾經互相綑綁在一起，在現實中、在照片中，並且切切實實的留下了鐵證。

3

儘管我熟讀《明室》，但多年以來就只有這一張照片令我有如此深刻的感受。

羅蘭．巴特說：攝影在機械地重複著實際存在中永遠不可能重複的東西。是的，這張照片中的第一層意義就在於告訴我：那個我當時並不自知的絕對的瞬間，是確確切切的永遠不可能再出現。它已經逝去，並且由於看起來充滿快樂，在觀看的此刻／以後重看的每一刻更顯得令人傷感。

羅蘭．巴特說：攝影不疲倦地表現的是「時機」、「機緣」和「實在的事物」。是的，這張照片中的第二層意義就在於告訴我：在我當時並不自知的這個拍攝的時刻，原來它是包含了「時機」、「機緣」和「實在的事物」這三種珍貴的元素：為什麼偏偏就在這個時刻，對方突然靈機一動，設計出這樣的一個合照的場景？為什麼他偏偏就是邀請我，而不是邀請負責拍攝的另一個人？為什麼偏偏是我和他這兩個有著特殊聯繫的人，成為了組成這張照片的「實在的事物」？為什麼此時此刻命運選擇了拍攝這兩個人，而不是其他人呢？這張照片具備了佛家所言的一種必然性。攝影就是一種偶然，也是一種必然。

羅蘭．巴特說：一張照片是三種活動（或三種感情，或三種意圖）的對象：實施、承受、觀看。巴特以「死人再現」來形容被拍攝的人：「他們」在承受著。我不明白，這張照片的拍攝者為什麼能拍出我和對方的感情來；我也不明白，其他觀看這張照片的人為什麼能看出我和對方的感情來。除非就是，我和他的感情**的的確確**被拍攝到這張照片，並且無可否認地存在著。但是，我們既沒有對視，也沒有牽手，身體沒有任何觸碰，眼神沒有任何聯繫，為何那樣抽象的感情卻充斥在整張照片之中？（我感到恐懼：一種無可掩飾的恐懼、赤身露體的恐懼。）如此說來，攝影的對象和愛情的對象具有的共通之處就在於：「他們」都在承受著。被攝影的人在承受著被觀看被拍攝的過程，戀人則在承受著一種被改變的過程：兩者都是在**被創造**。被創造之所以是一種承受，因為被造物無法言說、無法呼告、無法抗議：「我不要這樣被改變！」（與愛情抗爭的痛苦就如同向造物主呼告「我不要如此這般的形象和內在！」一樣的徒勞、一樣的虛妄。）被攝影的人無法改變自己在照片中的形象，也無法改變自己被觀看的方法，更無法脫離照片的框架；而拍攝者就如同造物者一樣無能為力。我看著照片中的自己和戀人，像看到一樁由自己一手造成的悲劇一樣。

> 羅蘭．巴特說：在鏡頭前擺姿勢，這對我沒什麼危險。可能，這是以隱喻的方式表明，我這個人的存在已操於攝影師之手。

但是，我的這張照片的弔詭之處在於，它是由對方這個被拍攝的對象所操縱設計，攝影師只是聽命於他而以攝影的方式把我和對方記錄下來；同時，對方又是被拍攝的對象，他在自己的操縱下成為被記錄的一員。而我，則被記錄下看似愉快開懷的笑容，彷彿一個不知道將要被謀殺的人，與將要把我殺死的人共同參與了這樁謀殺。

> 羅蘭．巴特說：照片表現的是難以琢磨的一刻，在那個時刻，實在說來我既非主體亦非客體，毋寧說是個感到自己正在變成客體的主體：這時我體會到了輕微的死的經驗……我已經完全變成了毫無生氣的「圖像」，就是說，一副「死相」；那些人——那個人——剝奪了我的「自我」，他們殘忍地把我變成了物體……

我以這段說話解釋我在看到這張我和對方的合照時那種難以言詮的恐懼之感：我看到了我變成圖像的過程，一如我看到我在這段愛情中被剝奪自我的過程。我不單顯得快快樂樂地被「捕捉」了，更是協助對方送出了自己：我成了謀殺我自己的幫凶。我已經變成了他攫取的一件物體：在照片中我獻出了自己的形象，在愛情中我奉上了自己的投入，兩者都指明一個事實：我確確實實參與其中，無可抵賴。這段愛情跟這張照片的相似性就在於我在觀看著我自己由主體變成客觀的經過，而每一步都是如此驚心動魄：我在看著我自己掙扎和逃離，而我更看到了自己前所未有的形象：如此的醜陋，如此的血淋淋。

說到底，在本質上，攝影只不過是一種偶然性、特殊性、奇遇。這一點使攝影和愛情有著共通點。我是因為「感情」而喜歡著這張照片，就如同我是因為「感情」而保留著喜歡對方的狀態。儘管在現實中我已不喜歡對方，但在任何文本以內（不論是在小說或照片之中），我仍然因為「感情」而喜歡著他。就在某一天的某一刻，我因為某種原因而跟對方在一起，他說，你這樣、我這樣。因著一種偶然性和特殊性，造就了我和對方存在於這張照片中的「奇遇」。是的，不論結局如何，我能遇上對方，本身就是一種「奇遇」。

這張照片的有價值之處在什麼地方呢？它的奇特之處在於把現實世界中漸行漸遠的兩個人拉到一處，而由於有其他人（現場的照片攝影者、後來的照片觀看者）在場的緣故，並且由於是對方參與並創造的文本世界（他說，你這樣、我這樣），我在照片中顯示了故意投入的歡顏。照片中沒有看見對方的樣子（他只被拍攝成了一抹黑影），然而他的肢體依舊透露著不少訊息：他參與其中，並且比我更為融入這個文本世界之中。我的笑容顯示我知道自己並不全部屬於這個照片世界（我的笑容包括著尷尬、投入、配合）。照片並沒拍到對方的表情，但是他的姿勢說明著他全心附屬於這個照片世界（因此他不需要投入，他本身已屬於這張照片。你並不會在早上起來的時候對自己說：由今天起我要更為投入這個世界。這是因為你知道並已習慣了自己無時無刻都屬於這個世界）。這是一種如羅蘭・巴特所說的、吸引他的照片的一種屬性：二元性，它同時顯示兩種毫無關聯的要素。我明白我為什麼這麼懼怕這張照片了，就是因為我看到了這樣一個事實，我不屬於對方的世界，但卻走進了他的世界。這種違和感卻處處透露著我倆之間的感情：我們並不適合，但我們一直在牽引著，並且在不同的文本中互相結緣。

是的，這張照片就說明著我和對方之間在結緣。這張照片跟其他千千萬萬張照片不同，它不是單向的照片。它的刺點（Punctum）在於一個細節：我故意在鏡頭前展露笑容卻顯得格格不入，他沒有被拍下表情卻全面融入那個瞬間之中。人們為什麼要拍照，就是因為想把會逝去的東西留下來，或是相反，既然留在了照片之中，我就可以把它們從腦海中趕出去。我在拍攝的那一刻並沒有刻意地要留住這一刻，這張照片的意義是過後我才發現的：只有它成為照片了，我才會在重看它的時候被某一項細節「刺中」。我想叫住照片中的那個「我」：小心！你快走出來吧！你還在笑？你知道你正在被殺嗎？但是，那個「我」已經走不出來了，她已經永遠地被鎖在這張照片中，跟對方永遠在一起。這張照片的刺點具有延展性，它引領著看的人走到邊框以外，感受到照片中兩個壓抑著的人要把表達的欲望流露出來了；而現實中的我，則因為那一刻已經被拍攝進去照片之中，因此我就可以把它趕出去。

這張照片跟這篇絮語一樣，把不能透露的都表達出來了，也把愛情中不能言說的都展露了出來。

4

後來回想起來，我當時是真正的在笑嗎？我是發自內心的感到喜悅嗎？我當時會不會在心想：我雖然已經不喜歡你了，但是我要努力顯示我並不知情，因為鏡頭在看，其他人在看。我要演出完美。而且，我居然還有機會跟一個已經死去的人共同完成一件事，這不是應該讓人感到要顯得喜悅嗎？這是最後一次了，過後並不會再有這樣的瞬間。

在「他說，你這樣、我這樣」的瞬間，我已經完成了一遍有關照片的思考。我要面對這一次的考驗：我將和他置身於鏡頭前，我要經受住禮貌的原則，不能讓不合作、討厭對方的情緒流露在照片之中。我要將來看到這張照片的人（包括對方和我自己）都看不出我的所有狀態。我在跟自己的影像搏鬥，但我不能不去想像我自己會是什麼樣子。怪不得我在觀看這張照片時感到了戰慄：我看到了自己在搏鬥的過程，所以我的笑容既天真又不自然。

如此一來，這張照片就具備了兩次超越死亡的意義：我和對方的感情已經死了，但是我們最後一次在照片共同演出；照片中記錄的不僅是將要逝去的兩個影像，同時亦記錄了兩個從來沒有也不再能相愛的人的虛偽演出。

我在思考我和對方那短短的歷史：不就是一連串虛偽的演出嗎？我已經不想再見到現實中的對方，但是照片呢？我也不想。不論是現實中的對方或是照片中的對方，都不再是我過去某一刻曾經喜歡過的對方。但是，如果你要我說明我喜歡的是哪個時候的對方，我卻又說不出來：從一開始的時候我們已經在虛偽演出，我究竟有沒有真正喜歡過某個時刻的對方？所謂的歷史就是真實發生過的一連串事實，沒有真實的活過和喜歡過，我和對方的一段過去簡直是連歷史也稱不上，只能是一篇小說，一段虛構的過去：怪不得我在照片中看到的對方根本就不是對方，他就像歷史教科書上的人物一樣，雖然清清楚楚的被看見了輪廓，但觀看的人根本不能稱作認識眼前的這個人。

小說中的對方、照片中的對方和夢中的對方都有一種共通點：我能深入了解他的內心，彷彿能看透他的所有心理機制，但是，我卻不能全然看清他的樣子。他的眼睛原來一直都是這樣觀察著世界的嗎？他的笑容原來從來都沒有發自內心？他天真和世故的表情原來從來都是這樣共治一爐的嗎？在現實中我們無法全然長期定睛觀察一個人的所有表情，但是，在小說中、照片中和夢中我們卻可以。於是，這些不是現實的文本反而能告訴我真正的對方，現實中的他反倒比文本中的更為虛偽。

5

我用回顧歷史的方法去觀看我和他的合照。就在我和他被拍攝的一剎那，我就用倒著走的方法去觀看我們：在我的眼前，是我倆的過去。我以我們的這張合照作為我們感情死亡的標示，由此而回溯我們短短的歲月。我希望能重新發現他「本來的面目」。

我但願自己能夠像現代性的歷史觀一樣，背對著歷史並且輕易忘記過去，樂觀而上進地向前走，一直向前走。但是，由一開始我已經採用了歷史天使的面向角度：我背對著將來，迎面看著逝去的歷史，所以只有眼睜睜地看著我和對方的歷史逐漸死去。

以後，我們在關係死亡後的相處是心照不宣。再多的語言都不足以說明什麼。過去我迷信文字和語言的力量，認識他後我才知道什麼都不用說是多麼強大的一種力量。儘管這會造成誤會和錯失，但是我有一種感覺，就是不論我們彼此再如何誤解和錯過對方，我們總會再次遇見，彼此都心照不宣，一如以往地繼續下去。我們或許不會再跟對方訴說什麼，也不會在短訊中再傾訴什麼，但是，在每一天的每一個瞬間，我們其實都在告訴著彼此一點點的什麼。雖然我已經再也不回應，對方也已經再也聽不到。

是因為我們從來沒有跟對方說再見嗎？還是因為我們在面對面的時候從來沒有處理過彼此的感情？沒有，我們從來沒有說清楚，這真的是一種很恐怖的狀態。

在我們死亡的時候，我卻把對方生下了。如果有一天他真的死去了，那麼我的絮語中的他就是世上的唯一。

6

有人向我探詢：你好像在寫一個愛情故事。沒有，既無愛情，也不是故事。就正如戀人不能向任何人展示那張照片一樣，在這篇絮語中你只能看到你的Studium，你對當中的細節充滿興趣，也在猜測人物之間的關係和狀態。但是，這篇絮語正如那張照片一樣，沒有任何能引起你傷心往事的刺點。我在把過去的零碎斷片隨意組合，製造疑幻似真的現實。這篇絮語要做的就要提供混淆，把不清不楚的愛情如實地呈現出來，儘管它只呈現了局部，並且夾雜了多個時空多段愛情的線索在內。但是，讀者並不是在閱讀偵探小說，沒有需要把脈絡梳理得那麼清楚。我早就說過了，戀人的邏輯就如同瘋人的邏輯，你去梳理瘋子的思維脈絡，那你跟瘋子有什麼分別？

就如同這幅照片一樣，你有沒有看過它的構圖有什麼重要？你根本不需要知道這幅照片中的所有細節。你可以想像，想像一個陷入瘋狂戀愛而冷靜觀察的戀人，他是如何用看似殺人犯的精密思維去塑造他自己的愛情故事，並且為一幅照片大發議論。

我無意把我的愛情等同一般愛情，更不打算把對方塑造成一般的戀人。在現實中他平庸得可以，但在我的筆下，通過我的絮語，他可以獲得重生：他是能引發諸多想像和分析的一個悲劇人物。他將永遠都不能得到真愛，他也不知道愛情的感覺如何，他以為傾慕、得不到、痛苦就是愛情。然後他只能夠通過閱讀這篇絮語而發現自己的醜陋和可憐，或者，更為可悲的，他在閱讀這篇絮語後只有沾沾自喜：我成為了一個女人筆下的人物，她對我念念不忘。

就如同林奕含的自殺對男人來說是最大的恭維，對方也將把他成為我這篇絮語中的人物而感到沾沾自喜。然而為什麼張愛玲和林奕含仍然要把男人寫下來？因為這是女作家們對男人的最大鄙視：我甚至敢於承認，而你們呢？不論是躲在背後還是在臺前大發議論，都只不過在掩飾男人們在愛情面前的偷偷摸摸。

我已經經歷過，若干年後，對方還是在臉書和短訊裡不時撩撥，可是，我已經比你活得好太多了，現在每當看見你的按讚我就會忍不住微笑起來，並且會對歲月對所有愛情的侵蝕感嘆一番。

7

我珍視這張由於多重巧合而拍出來的合照。它是一次警惕、一次教訓，而不是一次甜美的回憶。跟對方在一起從來沒有甜美的回憶。我甚至沒有被騙，也沒有埋怨和憤怒的理由，我們只是兩個差勁的演員把戲演成一樁鬧劇罷了。他沒有我想像的高明，我沒有他想像的世故，我們互相珍視對方帶給自己的情緒：連痛苦都稱不上的一種拖拖拉拉而又冷淡漠然的噁心關係。他是不甘心，我是沒決斷，儘管我們在現實生活中已經絕少交集，但是仍然斷絕不了。

不，小說和照片還是有截然不同之處。我可以在這篇小說中偽裝所有發生過的事情，可以虛構我和對方之間的過去和感情，但是，在照片面前我無法否認一點：我和他**確實**是在鏡頭面前存在過。羅蘭．巴特說：攝影既非藝術，亦非消息，而是證明。它證明某事真的存在過。我明白為什麼我這麼害怕這張照片了，因為我終於可以用第三人稱的角度看到一個事實：我和他在一起。我確實和他在一起過，他確實走進了我的生命，我想把他抹除是不可能的。除非我像他一樣，對這個事實、這張照片毫無自覺，那麼，存在與不存在根本就是偽命題：它無須被討論和思考。

我和對方最大的不同在於，我把事情思考了、討論了，並且以絮語的方式記錄了。故此本來應該煙消雲散的感覺，現在得以被保存下來，並被上升到一個值得思考和討論的層次，而本來它只是一件在二〇二一年發生的庸俗而瑣碎的日常。我賦與了整件事意義，提升了對方的層次，這就是文學的虛偽吧。然而它又是真實的，其真實性在於讓人敢於直視這件事的虛妄和無聊，一百年後如果還有人會閱讀這篇絮語，他就真真正正能感受到二〇二一年的愛情的本質吧。

8

Interfuit：我看到的這個東西曾經在那裡，在無限與那個人（攝影師或看照相的人）之間的地方存在過；它曾經在那裡存在過，很快就被隔開了；它絕對存在過，不容置疑地存在過，但是已經被移走了。這個本來被羅蘭．巴特用來形容照片的詞，不是也可用來形容我和對方的愛情嗎？它是曾經在某處存在過的一種情感，在被拍者與觀看者之間曾短暫存在；它絕對曾經存在過，但是我現在已經看不到了。那張絕對照片與這段感情有著某種的共通點：它證明了參與的人本來竭力想證明的事實。

我和對方的過去就仿如一具屍體：已經死亡了的。照片如果拍攝了一具屍體，就會令到這具屍體變成栩栩如生的圖像，從而看似令它活過來了。按照這種說法，我和對方的感情在這張合照中就仿如屍體般被拍得栩栩如生：它活過來了。我的莫名其妙的恐懼或許就來源於此：我怎麼也不能滅掉對方的存在。照片的靜止不動暗示了當中的人和事是活的，或至少在被拍攝的那一刻是活著的。然而照片中的人和物曾經存在過，亦同時暗示了它已經死亡了：我和對方的那一刻不能再被重現。如果把我和對方的這段關係視作一齣電影，那麼，作為曾經存在的演員的我倆，以及作為曾經存在的角色的我倆，在現實中混合了。我終於發現問題所在：我把作為演員的我與作為角色的我混淆了。我愛上了這個角色，她與另一個角色的戲劇交流令我忘記了自己的身分：戀人只是一個演員。演員的意思是暫時的、會完結的、會由一個身分回歸另一個身分的。如此一來我就釋然了：我應該盡我演員的責任，而忘記這個角色的身分。

若干年後，我正在重看這張照片，仍然以自己為參考座標，並在心裡想：這個人現在怎麼了？他還在那公司工作嗎？此時此刻，他在哪裡呢？他生活得怎麼樣呢？還是一如過去的玩弄著愛情的把戲嗎？還是已經變成了一個更為庸俗的中年人？戀人在面對任何一張照片時，都不可避免的帶著懷舊的情緒：因為它是曾經存在且已逝去了的。這張照片只拍到我的表情以及對方的身體語言，因此，它可供懷念的就只有我自己那個不自然的開懷的表情。此時此刻，戀人不帶任何感情地閱讀著對方的手和腳和軀體，然後惘然地問自己：這個人有什麼可供我懷念？

我盡可以不斷為這張照片詮釋更多的其他的意義，我可以不斷的以各種角度去解讀它，唯獨我不能否認它所記錄下來的曾經存在過。是以我既討厭又緬懷這張照片：它讓我不得不一再的觀看它，冀望搜尋到另一種詮釋它的可能性。就如同我無休無止地通過書寫絮語去觀察這段關係，期待能以小說的各種敘事技巧來賦予它別樣的解釋方向。我有一種無可克服的抵制情緒：不願意相信過去，不願意面對歷史。但是，就在我不留神的那一瞬間，他說：你這樣、我這樣。一張記錄了我和他的照片就誕生了。我沒有拒絕的權力。

引伸下來的結果，是從此我非常抗拒對方存有我在不同時空的照片。

我不要我的其他時刻被他所擁有。那些都是不屬於他的時刻，我不願他能接觸我的這些時刻。我只容許他擁有我許可的時刻。發明攝影的早期，人們在拍攝後可以挑選一張自己的照片送給心愛的人。人們有自主權和選擇權，讓其他人只看到自己願意被看到的一面。然而，在二〇二一年，在這個被拍與拍攝都沒有尊嚴的時代，我還能為這樣的事生氣與抗爭多少次呢？沒有人明白這當中的意義，但對方明白，所以他才會藉故用手機拍了我的一張照片，並且說：我要用來留念。我只能微弱的反抗說：留什麼念？我還沒有死。但是我心裡知道留念這個詞用得確是到位：我和你的這一段關係確實是死了，我不會容許它再有活著的一天。

「理智與感情」

1

儘管我沒有和對方在一起，但我無時無刻都感到一種無形的綑綁。明明對方並沒有束縛住我，我們根本沒有在一起。但是，我們跟在一起了又有什麼分別？我們沒有接吻、沒有牽手、沒有上床，但是，我們就像無時無刻都緊抱著，對方就像附在我的身上。怎麼也擺脫不了。回想起來，我總是招惹到一些擺脫不了、附在身上的男人。或許是因為我身上總有一種沉溺和墮落的特質？我總是非常容易與對方一起沉沒，透過互虐、極端的思念、不斷的拒絕、歇斯底里的離別……塑造一段又一段深深刻入血肉的感情。

我本以為，對方是一個沉默寡言、冷靜而理智的人，然而後來的不斷撩撥、拒絕斷絕關係，讓我知道他並不是一個決斷的人。不論跟我和其他女人保持某種關係是基於利益還是純粹的感情排遣，對方都是寂寞的。回過頭來看我自己，在這段時間裡，不論我們交戰的情況如何，我從未感到寂寞，沒有一絲一毫的孤獨寂寞。我在感情裡感到充實無間，儘管這段關係並沒有真正的感情在當中，但是我感到充滿，即使它是一種沉溺和墮落的感情。即使我現在回首過去，我仍然對我自己的生命感到自信和豐盈。我忽然看到我跟對方的分別：他在各種關係中尋尋覓覓，而我並沒有尋覓。他在不斷維繫一段又一段不適合的關係，卻又不敢撒手放棄，害怕一下子什麼都沒有了；而我則因為已經充實了，故此我一直希望著抒發、展示我自己。

很多年後，我遇上了那個對的人。（對錯的說法其實很可笑。）我才明白真正在愛情上表現理智是什麼一回事。理智不等於無情。理智是決斷的放棄不適合自己的，竭力追尋適合自己的。因此我跟這個對的人在一起時，從來沒有覺得要沉溺和墮落。他說：我看不到沉溺的好處。然後在不定期某些時刻，他又會取笑我說：看來你又到了需要沉溺和墮落的時候了。他又問：為什麼你要沉溺？我說：這是可以選擇的嗎？然而我心裡知道，因為我選擇了這個對的人，我就已經跟沉溺告別了。儘管有些時候，我仍然會懷念過去的各段沉溺和墮落的時光。

然而，我知道我比張愛玲和林奕含幸運，因為我能夠真真正正踏上了告別沉溺的路。

2

總是有一種男人會令你有一種相廝相殺的感覺。你們不斷糾纏，卻不能放棄對方。投入的時間越久，放棄的可能越少。兩人都誤以為這是愛情的感覺：不是說愛要恆久忍耐嗎？這句話是造成各種災難的源頭。真正愛的話，不會覺得在忍耐。

兩人不斷地糾纏，分離就像割捨自己的一部分。我走了，你來糾纏。我回來，你重蹈覆轍。如此的重複又重複，不甘心才是二〇二一年最常見的愛情狀態。

「操控」

1

我後來才猛然發現這樣一個事實：對方是一個愛操控的人。如果說林奕含的事件讓我們反思到以性來操控弱小的心理，那麼，如果沒有牽涉到性侵呢？如果兩人根本沒有發生任何關係呢？那麼操控本身就不是問題了麼？

社會上不是所有的男人都有膽量去性侵女人，但是他們操控女人的選擇仍然很多，最好的方法當然就是以愛情為名。我這才發現，這些日子以來，原來我是與一個男人在搏鬥。我被對方看中了，由會議中那一雙虎視眈眈的眼睛開始，在其後我與他的互動過程中，我原來都是一直在與他搏鬥：我不會讓你得到，或者更準確地說，我不要被你操控。

沒有愛。對對方來說，把〈以後別做朋友〉傳給不同的女性，都是一種策略、一種手段，他要獲得他看中的目的物。（我甚至猜想，把這首歌傳給戀人的這個形式並不是由對方所創作，而是曾經的某個女孩子的做法。這在創作的世界裡真的是罪無可恕。不具備創意、抄襲、重複，都是在一個寫小說的女子的戀愛世界中的致命罪狀。）不會有真正的情感上和肉體上的開始，因為風險太大了，麻煩會隨之而來。而且，操控一個女人最好的方法，就是讓她以為在愛。對方曾說：我用的方法是內心的傳染力，時間雖然慢一點，過程雖然長一點，但成效持久。這不是活脫脫一種捕捉獵物的口吻嗎？在捕獵的過程中，沒有獵人會只等待一隻獵物。同時，在獵取後，如何處置和保持獵物持續在身邊是狩獵者最大的麻煩。因此，這個男人只能按嚴格的規劃去安撫獵取回來的眾多獵物。

而我，在一再的反抗和拒絕中，在種種半真半假的演戲中，卻顯出了越行越遠的姿態。我在與自己的角力中勝出了，我走了出來。在事情仍然未完全敗壞，尚有一息虛假的美麗之時，我強迫自己走了出來。我突然的不告而別，態度轉變，令到對方措手不及。雖然，隨後的一段日子裡，我不時仍然需要跟自己搏鬥；但是，隨著日子過去，我已經走了出來，並且把鬥爭的結果還給了他。只要把敘事的角度稍稍調整一下，就更加可以看出事情的本質：這只是一場赤裸裸的追捕鬥爭。沒有愛。

我自損一千而對方有沒有損耗八百？然而不論如何，我就是不能被掌控，不論是否以愛為名，我就是不甘於被對方所控。我以為我一直在寫的是戀人絮語，到今天我才知道我寫的是一次殺戮和抵抗的經過。

2

我不受掌控。對方的手段讓我更為清楚明白：我不受掌控。他說的減少聯絡，他的分手威脅，對我來說都只是笑話一樁。我們根本沒有在一起過，也即是說，我沒有被你得到過，我們哪來的分手呢？一個在社會上不能掌控女人的男人，最好的辦法就是在愛情上掌控她們。

但是女人就可以自甘於受害者的立場而大放厥詞了嗎？如果在男人眼裡，我們心目中的情場其實就等於狩獵場呢？是我們一直被建構的、被定為渴想的妄念取代了真實？如果事實其實是，所謂的愛情其實一直以來只是哄騙女人甘願為奴、自願生育甚至是為家庭犧牲的現代神話呢？

戀人不禁又嘲笑自己。歷來你見過男人會這樣反思自己嗎？這種反思性暗含著一種女性思維——為他人著想、希望所有人都相處和諧、要與每一個人維持良好關係——這不又是一種被灌輸的社會性思維嗎？我覺得這不是愛就不是愛，感到這是愛就是愛，用不著再哄騙自己哄騙別人：他一定是別有苦衷、我需要學習包容。

3

我們在指責男人的自私和無情之時，倒不如學習一下這種搏鬥和狩獵的精神。二〇二一年的這個城市的女人與張愛玲和林奕含最大的不同，就是我們可以自詡於「港女」之名，勇敢直視愛情的虛妄和後遺症：它是阻止女人進步，摧殘女性自我的一種建構出來的神話語言。這篇絮語具有什麼意義呢？它可能在某些讀者眼中表現了一個玩弄愛情手段卻念念不忘愛情的褊狹女性主義者。但是，在我來說，它是一個女人對二〇二一年愛情的一次思考，一次從不同的角度書寫愛情，以求看到另一個可能的真相的紀錄。如果我們心目中的愛情跟大部分男性的都不同，我們就應該思考一下它的真實性：這樣的捕獵的關係有什麼意義呢？如果今天連生育我們都可以放棄，那麼連愛情要達致的最實用性的結果——繁衍下一代——都可以取消的時候，我們又為什麼仍然要維持愛情之名呢？

可不可以用另一個名稱，去稱呼一男一女互相結合、互為支持、彼此一起追求進步的這樣的一種包括感情的經濟學，以免仍然濫用「愛情」之名，令所有人類（特別是女性），仍然以被追求、被浪漫形式打動等種種愛情的表現，去定義自己的人生？這個名稱將會與「愛情」的定義有所分別，以求改變男性以操控和爭奪為方向的「愛情」定義，也要改變女性以被操控和犧牲為愛的「愛情」概念。如果有一天有人能認真對待這篇帶著戲謔口吻而態度嚴肅的戀人絮語，那麼，或許真的會出現一種新的名稱，去命名那種有別於二〇二一年以前的「愛情」的一種感情品質。

4

薩依德以東方主義的概念思考有關東方的刻板印象的問題，我能用這篇絮語建立有關愛情，特別是對愛情中女性刻板印象的思維框架嗎？我在這篇絮語中同時也試圖破壞抒情的敘事本身。我要以寫論文的方法去書寫愛情，以後設的方式去思考愛情：揭開抒情的虛偽和思考愛情的真相是相輔相成的。

在這篇絮語中，我示範了一個女性如何用後設的方式、理性的句式、嘲諷抒情的口吻去抵抗「愛情」帶來的暈眩。是的，那是一種暈眩的狀態，需要你用強大的力量去擺脫：有些讀者會說，我沒有經歷過這種狀態。在過去我可能會帶著可憐的態度對你說：你沒有經歷過愛情。然而今天我或許會認為：你是對的，但你不要忘記，你只是較為幸運。我的潛意識仍然在說：我替你感到遺憾，你不知道那是一種怎樣的滋味。但是如果我用後設的思維來說的話，與其要竭力抵抗與排除，那麼還是不要遇見好。

我要以論文的方式去抵抗抒情本身。我甚至有點同意房思琪的話：文學本身的巧言令色究竟有什麼作用？在於把事情說得更為動聽？在於培養人去建立更為深層和高階的情感？然而在二〇二一年這個充滿危險和淺薄的世界裡，這樣的做法不是令學習文學和喜愛文學的人成為更容易被捕獵的目的物嗎？這些情感旨在製造和諧而順從的人種，現代主義的荒誕和後現代主義的後設最多都只能做到諷刺。但諷刺！在這個邪惡而複雜的年代還有任何作用嗎？諷刺是假設被諷刺的對象還有良心和廉恥才能成立的。

我為什麼轉到了寫作論文而告別小說的路途上，就是我感到寫作論文的劍尖才能直指問題所在。然而現在我又在寫作絮語，那是因為論文的形式只能局限在學術小圈子之中，並且太過死板和局促了。在二〇二一年，最可能而最創新的小說發展方向應該在班雅明和羅蘭・巴特的評論模式上。這種評論模式在過去被局限於時事和社會思考之上。但是他們最為創新且別具意義的一點並沒有被發現：以評論取代抒情，以理性去書寫感性。在小說這種現存最具有空間和彈性的文學類型中，它可以容納一個書寫者以論文的方式去胡言亂語，既似討論愛情又像思考小說。在這種胡言亂語和混雜模式之中，我們可能會創造出別樣的東西來。

5

在這節的胡言亂語中，我非常興奮的發現：我又重獲自由了，我掙脫了愛情的細綁，又再重新思考了有關小說的問題了。這是這篇絮語最後的一萬字中最重大的意義吧。

心心念念都是這篇絮語。我可以想像與對方在一起之後，自己會如何心心念念以在精神上虐待他為日。因為對方令我不快樂。對方是不能被善待之人，他值得被書寫，但不值得被愛。對方不是一個惡人，但也不是善人。或許他的惡就是沒有愛，我沒有看見過他愛任何人。他永遠值得被述說下去，這是因為他具有普通人的某種普遍性：虛偽、懦弱、逃避……連惡都只是非常普通的惡，一點都不具備特色。

「混雜」

霍米·巴巴的「混雜性」用於研究後殖民社會中的被殖民者，我則用來思考小說和愛情。

我在這篇絮語中或真或假的述說著不知真偽的愛情，它企圖令人誤會它所述說的是真人真事，或者，不是真人真事。我加入了現實世界中真正發生過的對白，又混合了未必是真實的人物，同時亦把不同時空的各段戀愛關係融合堆砌，再夾雜著不真不實的抒情和半帶戲謔半帶嚴謹的論述……這才是二〇二一年的小說的混雜性。

它企圖做到以下的閱讀效果：讀者偷窺隱私的快感、閱讀論文的理性思考、後設世界的虛假前瞻性、感傷無聊的抒情、借用而不合情理的理論思維、瑣碎斷裂而其實直線並順時序的敘事、穿插於真實與虛構之間的人物關係、交替時空而其實只在述說一人的混亂感覺、絮絮不休而其實沒有什麼可以再說的話語……

我把這篇絮語說得太偉大了吧。

「短訊與記憶」

1

二〇二一年的戀愛都建基於短訊之上。短訊的形式本身已製造著一種曖昧感：只有我和戀人能參與其中。它能一下子把兩個本來不很熟悉的人拉到一起，不論怎樣光明正大的關係，看起來都好像在偷偷摸摸地聯繫著。

今天我要把這些短訊都刪除了，其實並不能把現實中的關係和過去都刪掉。但是，它就像一個儀式：要把戀人從記憶消去的一個神聖儀式。二〇二一年的人的記憶是如此的脆弱，一個如此神聖而微弱的動作，居然能把不久之前看似難以忘懷、說得刻骨銘心的一段關係消滅。是的，只要消去了這些短訊，隨著時間的過去（只要不多的時間），戀人就可以把這段建立在短訊的關係忘記，由短訊來連結的熟悉感、曖昧感、共時感，一一都蕩而無存。

是的，就是一種共時感。二〇二一年的感情就是我不在你身邊，卻能製造一種我們已經相處很久的假象：我隨時在你身邊。這不是很動聽的聽似承諾的一句話嗎？但其實戀人卻永遠不在。戀人得如小孩子般重新學習承受與母親分離的痛苦，然後當她超越了這種情感以後就可以連母親都不愛：戀人的一生就是學習變得冷酷無情。

短訊還能帶來一種幻覺，就是，我們能控制一段關係發展到哪個階段，就像電腦遊戲一樣：我們到達關卡了，我們先暫停一下，待我忙完別的事後我們再繼續。然後，待對方下一次再來聯繫，我倆早已忘記上一次的對話談到什麼了。希區考克的電影？林奕含的小說？我和你無聊的答和與即興創作？短訊的好處是，它能用文字把我們暫停了的關係記錄下來，方便戀人隨時翻查：我們這一次由這裡開始。如果維特生在二〇二一年，他根本不用自殺。

他刪除短訊就可以了。

2

從前我並沒有「手機控」這一個病。自從戀愛以後，我就感染了這個病，我不能沒有我的手機在身邊。睡覺時、洗澡時、工作時、思考時……二〇二一年的人對戀愛的依賴跟對手機的依賴成正比。我需要知道戀人在任何時間裡的狀態，不論他是在睡覺、洗澡還是工作，也不論我知道了的作用是什麼，二〇二一年的愛情狀態就是要隨時知道。我不僅要知道，我更要立即知道。我不僅要明白，更要能明白所有事。就像使用谷歌搜尋器一樣，二〇二一年的戀人沒有不能知道的事、沒有不能解決的事，也沒有不能立時知道的事。我愛你就像我平日的生活一樣，我要立即知道你所有的事：我一刻也不能忍耐。我不願意等待，我不能忍耐要等待的任何片刻，我需要戀人的立刻回應。最好是我還未打完一句短訊，對方就已經把回應發過來：不斷的、熱切的、即時的短訊能帶來某種類似高潮的狀態。二〇二一年的戀人需要用遙遠卻即時的方式來隨時製造源源不絕的感情高潮。

3

絮語的作用在於在現代性的歷史進程中，保存一段轉瞬即逝的愛情記憶，為了在虛無的人生中抓住一點依靠。我在現實生活中不得不消滅我和你的記憶，但是我卻以絮語的方式把你保留。把你記錄下來了，我就可以安心忘記。歷史學家皮耶·諾哈（Pierre Nora）曾經提及，依靠記憶來維繫的歷史連續性，在今天已經被歷史的突飛猛進所摧毀。我卻要說，二〇二一年的後現代戀愛特質就在於這種被摧毀的記憶，它以破壞戀愛連續性來換取自我的回歸。因此，我和你的這一段，後來就像連續記憶中的一段突然的空白。我取消了這段記憶，於是，在愛上你以前的你和我不再愛你後的你，突然被連接了起來，兩個形象既突兀又統一；而中間所發生過的，就讓它隨著二〇二一年的過去而被取消吧。

怎樣的人才會只能在短訊中戀愛？不願表達的、害怕被看透的人。或是一句話可以形容：不可被看到真面目的人。戀愛的過程其實就是揭破對方真面目的過程，能看到多少就視乎你的文本閱讀能力有多深。而現在，此時此刻，戀人跟自己說：我只需要了解對方到某年某月某日就夠了，以後的事我不想再知道，到此為止。

然後我倆的短訊就如同墓誌銘，記錄著這段關係死亡的過程，它由什麼時候開始，又在什麼時候結束。這些短訊就如廣島原爆時鐘停下的一霎，永遠有些什麼停留了在某一個特別的時刻，沒有以前，也沒有以後。它記錄著一些好像很重要的事的完結的一瞬間，但是在原爆以後的荒原中，又有什麼是重要的呢？

到此為止，沒有以後。

「叛逆」

要如何才能在愛情中實行叛逆，或者對愛情本身做出叛逆？叛逆不是背叛，叛逆是要改變本質。第一步要改變的是愛情的抒情本質。什麼是抒情呢？就是一種感覺、一種情緒，而戀人不斷地想要告訴對方、告訴他人、告訴世界。感情滿溢了，它傾瀉出來，戀人需要把它處理（抒發）掉。然而，戀人還有什麼可以說呢？在旁人看來，戀人永遠只有在說一句話：**我受不了我的狀態，但我不能擺脫**。我既不能又不願擺脫我的愛，我永遠身處於矛盾之中。

於是戀人進行了一個實驗：在這段關係發展到最高點時，她要改變它的本質。自我控制而不再抒情，壓抑這段愛情在世界曝光的需求。戀人可以擺脫愛情，就由她擺脫抒情的本能需求開始。

然後是要消滅愛情中令人失去自我的渴想本質。無饜的渴想，貪瀆的愛欲，戀人要擺脫這個令人變得歇斯底里的狀態，就必須以叛逆的態度去改變愛情。由形式開始，以空缺和隔絕的方式面對過度的細節和情感，以醜寫美，以不愛來愛，以庸俗諷刺唯美，以忙碌來遺忘，以滅絕來換取新生，以現代回應古典，再以後現代打倒現代。接著取消內容，把愛情中所有的回憶、細節、感動、思念、柔情、傷感、患得患失、爭吵調侃等種種陳舊而迂腐得令人作嘔的東西全部取消。在二〇二一年的戀愛世界中，這些都是罪，一種藝術上的罪。

至於建立什麼，則不是後現代的藝術和愛情所需要思考的問題。叛逆本身已經是一種創造。

「女性情誼」

1

張愛玲在《小團圓》和《少帥》中都有描寫過一種獨特的女性情誼：「她發現自己走在一列裹著頭的女性隊伍裡，好像她們就是人類。」、「他拉著她的手往沙發走去。彷彿是長程，兩人的胳臂拉成一直線，讓她落後了幾步。她發現自己走在一列裹著頭的女性隊伍裡。他妻子以及別的人？但是她們對於她沒有身分。她加入那行列裡，好像她們就是人類。」這是多麼令人震撼的兩段相同的話：在面對一個多心的男人，過去的女人屈服並且自行歸類，尋找到行列裡的同伴。為愛情低頭而心甘情願，這不是封建時代才有的事情，而是在你我身旁仍然存有的事。

可是，今天是二〇二一年了，這個城市縱有千萬樣不好，但生活在當中的女性享有高度的自由和權利，鄰近地方在這一點上完全無法相比。

因此，在這裡長大的女性享有與過去不同的自主權，並且都能與同性惺惺相惜。這個城市的女性並不會仇恨同性，因為她們深明女性之間獨特的情誼，並且互相扶持。

我與P都是這個城市的女人，我們都遇上相同的男人，都尋求著自己的救贖之路。我們揭穿某個男人的面具、嘲笑自以為是的對方、交流消息並且商量戰略。女人之間的同理心，或許是最後能戰勝男人的唯一方法。

「其後」

1

我已經喪失理解戀人的動力：我認識他已經認識夠了。我已經再也找不到一首切合我的狀態的歌曲，我已經找不到想像對方的支持點，我已經沒有期待收到他的短訊。只有不定時的、不能預計的某些時刻，對方的短訊又來了，不痛不癢的，讓人連回覆也提不起興趣的零碎無聊的訊息。我已經不會再為如何回覆而費煞思量，也不再期待分開後的下一次再會。我已經可以想像他的所有過去，預測到他所有的將來。

在這不會見面的一段日子裡，我已經逐漸淡忘我曾經的戀人。

2

臉書之所以能成為一種撩撥和挑釁的手段，就是因為對方不能容忍自己跟你的快樂無關。你的任何情緒都必須是為他而發生，你的笑容必須來源於他：我不在你身邊時，你怎可以活得如此快樂？我不能擁有你，也不能讓你擁有，但是，我必須確保我仍然活在你的心中，哪怕只有丁點兒的影子。你忘記了嗎？不用擔心，我會提醒你的。所有我看中的女人都不能完完全全離開我。

縱使你要逃離，但我仍然有干擾你的權力。

可是，我已經接近完完全全逃離了。只是有時，我在不知道是哪兒的地方，遠遠看到跟你相似的背影的時候，仍然不免有一種想立即逃跑的念頭。我已經不想再見到你，連每當想起你時潛意識都會連結到想嘔吐的念頭。我的自我保衛機制令我已經不想再想起你，並且以想起你為恥。

如果還有機會的話，希望我可以跟你說一句：

過去打擾了，今後請保重。

3

沒有可供回憶的材料，也沒有可供解剖的情感，只有可供解剖的心計。永遠不要說自己有多天真，你能保有天真，只因為你真正的對手仍未出現。戀人得到了什麼呢？一條可供分析的公式、一套可供拆解的系統、一組可供思考的結構、一種可供示範的類型。對方就正如任何的模型一樣，以後可以在課堂中做教學例子、研究案例和教學示範。我在這段關係中沒有得到愛，也沒有得到快樂和教訓，而是一次學習歷程、一次業務實習、一次模擬練習。

然後，我們分別過日子，一天又一天，正常得不正常的每一天，所有的事又重返原本應該的軌道，除了：P為了避免在電梯裡遇上對方，從此改為使用樓梯。

4

我和對方又在電梯裡相遇了。只有我們兩人，除了門一開的一瞬間我們的眼神有接觸以外，其餘時間我們就一如以往地互不理睬、互不溝通。但是在沉默中，反而傳遞了更多不清不楚的訊息。過去令我感到不適的沉默，今天我卻適應了。靈魂的靜默帶來另一種類似死亡的震撼。

在我認識範圍裡的對方，本質就是一片靜默吧。每當他侃侃而談的時候，就正正是他違背自己，或是強迫自己應酬，或是正在做一些有目的的事情的時候吧。如此一來，對方每次在電梯裡跟我相遇，他的沉默就正正是他真實的一面吧。

門開了，我們一貫地沒有說再見。

「說謊」

以文字想像世界的人都擅長組合，他們都善於把不同的片段組接排列，呈現以各種方式闡述事實的不同面貌。以視覺理解世界的人則擅長隱藏，他們善於把圖像背後的真實面貌收起來，讓人看到事物的表面，而忽略了世界的另一面。哪一種才算是說謊呢？我和戀人這兩種截然不同的思維方式，究竟誰才算是欺騙了誰呢？

或許我倆根本沒有欺騙過對方什麼，而是兩套系統、兩個世界碰撞後產生的一片靜默，億萬年後或者會因為一點意想不到的演化，產生了從來沒有想過會出現的生命體。或者除了這篇絮語以外，其實也並沒有什麼有意義的事被產生過。

究竟是說謊還是隱瞞具有更大的欺騙性呢？沒有一點真實性都不具備

的謊言，也沒有能收起所有真相的隱瞞。但說謊至少還帶一點主動性，隱瞞則有一種被動的懦弱在當中。是欺騙的人錯，還是被欺騙的人不對？其實說謊和隱瞞究竟有什麼問題？

認為說謊和隱瞞是不對的人，大概就是那些被騙的人吧。然而問題是，為什麼我不能在戀愛中說謊和隱瞞呢？誰說愛情的本質就是誠實和信任？我和戀人的這段感情就是建基於懷疑和不信任之上的，我們對彼此越不信任，所投入的感情就越深，所付出的思考就越多，我們就是如此這般交往的呀！以負面的方式累積感情，以反面的態度建立思念的模式：你越討厭就越難忘記。對方有一個微細而難以言喻的表情，是每逢戀人對他說「討厭你」時才會出現的。彷彿是一個暗號、一個提示，又再說明我對對方的特殊之情。在我們這段關係裡，「我討厭你」就等於「我愛你」。

不是恨，也不是報復，而是一種「只要看見對方就不自在」的情緒，其與「喜歡」相似的地方在於其不由自主性：你總是不由自主的想起對方，儘管想起的都是對方惹人厭煩、令人不適之處，但「討厭」卻絕對不是「恨」。我從來沒有一種要把對方滅絕的念頭，他只是一個不符合我的系統的人，就正如以勺子做叉子，或是以棕色配紫色，或是吃餃子配蛋糕等等，我們在系統上不能配合。我的思維是絕對的女性而他則非常男性，在處事上則相反；在價值觀上我們又是截然不同，我是看輕而他則看重所有世俗的事；在表達上，我則力求具體而他則要求自我約束並且簡略。戀人究竟是怎樣遇上了一個與自己如此格格不入的人呢？

只有一點令人發笑的共同點，就是我倆都討厭吃所有跟核桃有關的東西。核桃的味道、核桃的顏色、由核桃所造出來的蛋糕……這就又是一種跟討厭相關的情緒，無關重要、無需解釋、無端而來、無法說明，就如同我和對方一樣。

「在愛情之後」

1

這篇絮語提出一種看法，就是把戀人確立關係以後的所有階段，例如拍拖、訂婚、結婚、離婚等，都與愛情之名獨立開來。愛情的真正狀態只存在於未曾確立任何關係的時候。那是追逐、猜疑、妒忌、估計、計算、策略，並且有真正的愉悅和痛苦的狀態；那，才是「愛情」。這不是貶低其後的感情，而是，其後的事情確實不是愛情，儘管那可能是更為珍貴的其他的感情，但是，那些真的不是愛情。學術界或文學界實在有必要審視這一方面的情況，並且盡快提出不同的名稱或說法，來真正把其他的感情與愛情分別開來。

2

我和對方將會有一段時間不會見面。我不敢想像我們再次見面會在怎樣的情況下發生。單單這樣想我就感到虛弱和害怕。會像張愛玲所說的——還未看清楚對方，就已經聽見轟的一聲，是幾丈外另一個軀殼裡的血潮澎湃，彷彿有一種音波撲到人身上來——這樣嗎？應該不會。我想我們還是會木無表情地交叉而過，然後就在對方經過我身邊的那一瞬間，難受的感覺就會立即湧出，然後懷舊、回想、追憶、遺憾等情緒就會隨之而來，接著我就會告訴自己，過了這一關，以後就更不會害怕了。還未發生這樣的事之前，就像等待一次死亡率很低的手術一樣，你明知自己不會死去，但是越要臨近這樣的一刻，心情仍然難免忐忑。

如果可以的話，就讓我們不會再見面吧。

3

愛情不是對方能令我愛多少，或是對方吸引我多少，是我容許自己出現的狀態和投入的程度的多少。愛情就是：我願意拋掉自己多少。

如果說，羅蘭．巴特的《戀人絮語》旨在反戀愛故事的結構，我的這篇《戀人絮語》則希望重拾在二〇二一這個斷裂的年代中日常生活的敘事節奏。在敘事的過程中，戀人在碎片化的意識中變化了，她反的不是戀愛故事的結構，而是**戀愛**本身的結構。如果戀人決定不再投入，她就能離開整個敘事，甚至把碎片式的敘事打破得更為碎裂。

4

《第一爐香》中的薇龍會因為喬琪把臉埋在臂彎裡的動作而牽起一陣近於母性愛的反應。戀人的想像會為自己找到出口。不斷的製造回憶和意象，成為各種如絲線的牽扯。薇龍只靠一個意象就促使了自己向愛情屈服，而其實這只是一種向本能屈服的訊號。如果戀人能夠把這種幻象打破，就可以擺脫這種牽扯。

再重新聽到那幾首熟悉的歌曲時，我已經再也找不到那種「冷冷的快樂的逆流，抽搐著全身，緊一陣，又緩一陣」的感覺。今天要想清楚對方的形象，我已經需要花一番努力，才能把這種感覺跟對方的形象聯繫。我已經真正喪失了我的想像對象，為什麼我不能像薇龍一樣屈服於愛情？

5

當初我竭力擺脫這種來自愛情的牽扯，總覺得要逃離才可以繼續我的人生。其實對方從來沒有束縛過我，但是與他的牽絆卻總是一而再再而三地把我拉回原地，並且把我固守在某處而不能活動。這其實是一種禁錮，是一種情緒和意識上的禁錮。今天，我終於逃脫了，感到前所未有的自由自在，這是因為我揮動了整個人生的力氣才能掙脫出來。現在回想起來，我仍然感到不可思議，對方是擁有怎樣的特質，才能把一個又一個的女人犯禁錮在他的意識王國裡，並且令人不能逃離？

我已經不再跟任何人提起對方，也不再跟對方說話。盡可能減少對方可以製造語言的機會，在沒有話語的世界，就沒有可控制別人的意識形態。

6

在今天我再次重聽〈以後別做朋友〉，已經不再感到任何憤怒了。我重新感到最初收到這首傳來的歌的時候那種震撼。我重新明白對方的寂寞和隱忍。他就是不能說。過去在我仍未出現的時候，他就已經不知道經歷了什麼，想必他在第一次聽到這歌的時候，也感到莫名的震撼。他的震撼是這首歌怎樣能如此準確地說出一個隱忍的人的心聲，而我的震撼則是通過這首歌而明白到一個隱忍的人的心聲。儘管我在以後才出現，但是，我只想告訴你，我明白。我明白你的感受。

這就是文學的意義了。我什麼也做不了，我什麼也幫不了你，我什麼都改變不了，我只能明白和感受。

我只能明白和感受另一個生命的創傷和壓抑。

再多的，我都做不到了。

原來當初我並不是喜歡你而震動，而是因為我不小心聽到你的生命的聲音，不小心觸摸到你生命的質感，不小心走進了你的生命而震動了。

對不起，我不應該隨便就干擾別人的人生。儘管我是寫小說的，但是，我還是要說句對不起。在你願意開了一扇窗的時候，我卻因為你不是只為我一個人開窗而憤怒了。或許你最需要的不是愛情，而是一種近似親人的關注和了解。如果我們開始的時候不是選擇愛情這個方向，到今天，我們或許就不必遠離彼此了。

如得其情，哀矜而勿喜。戀人到今天才能真切明白。

7

我已經不再討厭對方了。如果我當初失望的原因是因為對方不是為我專情，那麼反過來，如果對方知道我的過去的話，不也更為感到恐怖和失落？我有我的過去和生活的另一面，我擁有過跟對方特殊的時刻，對方也有跟我與其他不同的經歷。要待愛情逝去以後，戀人才能放下執著和唯一的渴求。

但願對方日後幸福愉快，這才是戀人絮語最後應有的結局。只是，我只能愛著**過去的你**，而由真相揭破的那一刻和**其後的你**，我都不能再令自己接受了。我終於明白到一直以來這種割裂的感覺源於何處了，原來我在這篇絮語中戀戀不捨的只是某個十二月的你，隨後的，原來隨著新一年的來臨，一切都早已掀過了另一頁了。

8

標點符號具有一種強大的力量。江文瑜詩作中的「／」具有的力量，呈現一種對語言的無奈和不耐。羅蘭．巴特在《戀人絮語》中則把「：」的意猶未盡和絮語的連綿不絕發揮得淋漓盡致。我則只求能為這段感情添上決絕的「。」，並打破對方的「……」。

回過頭來看，這篇絮語記錄的看似一段愛情，其實就是時間和人生。我遇上了某一個人，並因此而改變了。沒有所謂變得更好和更壞，只是令原本的我更為豐富和複雜了。

如果我今天把戀人絮語完結了，日後當我再想起我曾經的戀人，或是回憶起他的每一個小片段的時候，我可以在哪裡述說這一切一切呢？如果可以的話，我希望可以永遠把這篇絮語寫下去，不管有沒有讀者願意把這種沒意思的文字全部看完。只要我每一次重看都仍然會感到莫名的感動，那麼這篇絮語就是有意義的了。

「限時動態與直播」

1

我和對方選錯了戀愛的方式。在二〇二一年，在Instagram上的「限時動態」才是我們應該採取的愛情模式。在有限的時間內，我把我的狀態在眾人的眼前公開，然後期限過去，訊息自然銷毀，一切都煙消雲散，連把短訊刪除的過程都可以省略。把刪除這個動作省略的重要性在於，這個「狀態」本身就具備了暫時、短期、不準備被保留的特徵。戀人在關係破裂、回憶泯滅後，無須做出把短訊刪掉這一個浪漫而具象徵意義的動作：我沒有親手毀滅我的愛情，它本來就是為了失去而存在。一段不準備被保留的關係、一次不準備被重視的經歷、一串不準備被記得的回憶，只有透過社交媒體上的「直播」才能達到這種即時的現場感：某種「狀態」只要曾經存在就可以了，它不需要被永久保留。

2

我在二〇二一年把我自己的本真性破壞，透過在社交媒體上過度的自我曝光。我在公眾面前表演，實際上只想向一個人演出。構想如何把自己在別人的想像中演出，是二〇二一年社交媒體的一大作用。戀人因此而把局部的自己過度暴露：你只需把我想像成這樣，而不需要知道我其實是那樣。

過度曝光同時也是一種撩撥。戀人在搔首弄姿，每一個影像之間都含有「擺姿勢」的成分。「擺姿勢」本身就是在說：來！來看我吧！戀人在向大眾說：「來看我吧！」但是他的眼睛只注視著一人。或者戀人在跟每一個人凝視，而偏偏不看一人。這些都是二〇二一年的戀愛特質。

我在遙遠的國度中旅行，厚厚的雲層下是陰暗的世界，一片荒原中只有我在列車上，寫著我的戀人絮語。我已經捨棄了我的戀人，茫茫世界中只有我自己和我自己的形象。

「旅行」

1

這個城市的人是多麼的喜歡離開這個城市而到處旅行。人們都愛這個自己的城市，但是奇怪的是，這裡的人們不時都需要離開這個自己喜愛的地方。這本身就象徵了在這個城市中的戀愛：人們都必須離開自己的所愛，否則不知道什麼是所愛。

從來沒有一個地方的人那麼喜歡離開。離去，又回來，構成了這裡的人的所有狀態：不離開就無法想念。

離去和失去是這麼的不同：是我要離開你，所以我已經不再在意是否失去你。我對自己可以離你這麼遠感到十分欣慰，我喜歡可以離開你的自己。我喜歡這樣的狀態：在遙遠的國度，我已經不會想念你了，我只會懷舊。

這真是最好的結局。

2

在這個遙遠的國度，只有有我的一列列車在行駛中。雲層越來越厚了，整個荒原驟然變暗。空曠無人的世界變成了一個密封的黑暗的室內世界。在這個城市長大的人，不論視野多開闊、胸懷多廣大，人們仍然習慣狹小的愛情觀：執著於某一點，並且不斷反芻咀嚼。不論走得多遠，我們仍然是習慣這個城市的繁忙與狹小，並且引以為傲。不論我們在學術上、經濟上或工作上有多國際化，但在私人領域，特別是戀愛的範疇裡，人們所看到的就只有附近的某一個小範圍。

3

在遠離戀人的國度裡，我只看到從火車裡看到的遙遠的雲層。看雲而只見雲，沒有人在我心上，真是一種很好的狀態。

「Kayfabe」

1

一般人都追求有始有終，但這篇絮語跟這段戀愛一樣，以無始無終為美：我們從來都沒有說清楚。

摔角中的Kayfabe意即「劇情安排」，用以維持比賽的假象，對手之間互相合作，按既定安排飾演早已決定好的結局。摔角競技公司輪流選擇有潛力的選手，為他們量身定造合適的角色。摔角世界中有正面角色，稱為Babyface；也有反面角色，稱為Heel。觀眾明知道觀看的是一場精心安排的演出，而不是公平競爭的比賽，但還是非常投入選手之間的「恩怨」之中。

如果這場戀愛也有Kayfabe，那麼我和對方這兩個對手之間，應該要按既定劇情來演出。我們的發展根本就是按劇情的邏輯來推進：在我突然抽身，並且斷絕來往一段時間以後，對方有一天跟我說：我想請你看電影。

我們之間還有必要再有除了工作以外的聯繫嗎？我看著他，只有無語才能準確表達此刻的心情。Kayfabe的安排實在太典型了，居然是一點懸念也沒有的**回頭撩撥**。但是，這不是必然的劇情安排嗎？一個不甘心被突然放棄的人，在寂寞無聊的某一個時刻，又再對他身邊的女人逐一試探，順便對她們再次評分。對方說：我不喜歡自己，所以會喜歡我這種人的女人我都不喜歡；我愛的是永遠不會喜歡我這樣的人的女人。我不知道這是不是普遍男人的心態，但我肯定的是：對方注定永遠要在一種追逐的狀態之中。

我高估了自己的感情。在旅行回來後，我們又再在一個意想不到的時刻重逢。電光火石之間，我們在通道相遇了，只有半點的眼神交流，而我內心毫無感覺。沒有內心掙扎、沒有血脈衝擊、沒有內心悸動。

然後我就收到對方的來電。

有一種人是這樣的，就算不斷周遊列國，但是他的世界仍然很小。如果旅行沒有伴隨著心靈的成長和生命的反思，它就只是一次比較昂貴的吃喝玩樂，或是一種日子的消磨，或是一次對生命中擺脫不掉的無聊的消耗。

我的心還在旅行時那個遙遠的國度。我的世界擴大了，而對方毫無。我已經變化了，而對方毫無。原來我已經把對方吸納並且消化了，他已經成為我的營養、我的排泄物。我在不知不覺中走到很遠，而對方還在那兒。

2

烏鴉是這樣一種跟某種男人多麼相像的動物，牠們都喜歡搜集會發光的物件：無法自制的喜歡閃閃發亮的東西，想據為己有、擁有和占有。看見會發光的物件就叼回巢裡，無論那是否有用。同時，烏鴉極其聰明，能記住人類的長相三年之久，只要你被牠們看上了，那麼每一次出門都必定會受到牠們的騷擾。而且，烏鴉不論多大的生物都不怕，常常喜歡挑釁和襲擊其他動物的頭頂和屁股，生物學家認為這樣做其實對烏鴉一點好處都沒有，只是因為牠們天性的一種無法壓抑的衝動而造成。

網上還流傳著這樣的一個故事：一個小女孩因為每天餵食烏鴉，烏鴉逐漸把閃亮的耳環、石頭、珠子、玻璃球等叼來，作為餵食的回報。烏鴉無法表達如人類的感情，其回報也是功利性的。

3

母螳螂是性食同類的典範，牠們在交配後會把體型較細小的雄性吃掉，有的甚至在交配中就把雄性的頭部吃掉，因為據說雄性在交配一會後就會離開，如果把牠的頭吃掉可以延長交配時間；另有一說則是因為螳螂頭被吃掉後仍可多活十多天，如果把雄性的頭吃掉，可以刺激牠的咽下神經節，令雄性射精更多更快。雄性螳螂本身喜歡選擇肚子比較大的母螳螂，因為這表示營養較好，產卵較佳。但是，這同樣表示這樣的母螳螂更為殘暴，雄性被吃的可能性就大大提高。這真是愛情上的一次極大的賭博。

對於一個寫作小說的女人來說，所謂的愛就是深深著迷於欣賞、撫弄、細拆、觀看人性中的醜陋極致，特別是男人的方方面面。把一個如文本的男人重新組織，剝掉他的過去，咀嚼他的現在，擬想他的將來，再把他深深的融會在自己的生命之中。如此一來，這個寫小說的女人就比過去更為豐富複雜。男人成為了她的養分。是的，這篇絮語記錄下來的，最終竟然是一次尋常而又非同一般的性食同類。

4

然後有一天，我已經忘記了要刻意傷害對方，也不再有意識地遇見對方。當見到對方的時候，我已經忘記了他曾經是我念念不忘之人。

禪是不能言破的冷暖自知和親身體驗，就如同愛情，別人無法代你去經歷。禪是安靜，愛情則是一次歷練，完結後的靜的狀態是最終的成果。所謂的正心，就是追求內心的安靜，讓心不停留在任何事物上，才能平衡。戀人絮語是由躁動到安靜的追尋之旅。

這刻我就知道，我快要把這篇〈戀人絮語〉完結了。

「我城」

這個地方的文學發展一直太局限於表現**這個地方**，就等於寫愛情時太著意表現愛情，成為了這種主題的小說的包袱。太愛這個地方就如同太愛一個人，使某種重要的事物成為了「文以載道」式的「道」，從而變成一種責任。

如果有一天，這個地方的文學可以在地方色彩和歷史感之外，表現世人的更為普遍和共通的情懷，反而能突顯這個地方一直以來的重要位置：作為一個平臺去思考所有有關**非本地**的事物。彷彿只有透過非本地，這個地方的人和事才能找到屬於本地的方方面面，就好像這篇小說一樣，只有透過書寫跟愛情無關的事，才能突顯其實蘊含在其中的密集而纖細的小情小愛。

「戰爭」

回頭來看，每一次的愛情爭戰都會令女人在各方面進步，雖然這些都不是戀人引而為傲的戰績，而是戰爭後的纍纍傷痕。但是，只要每一次女人戰勝了困局中的自己，最後就能把男人遠遠拋離。今天，我已經不明白自己當時為什麼會迷戀這些形形色色的戀人，有些甚至是令人感到尷尬的存在。女人通過了與愛情的鬥爭而一直往上爬，然後在不知什麼時候回顧一下，才會發覺過去的戀人全都在身後。由相遇的那一刻開始，比試已經在進行中。如果女人輸了，**離開**會成為以後往上爬的一次機會。如果女人贏了，反而會**滯留**下來，並且成為芸芸女性中的一個。戀人戰勝了自己，但是也沒有感到什麼快樂，因為她知道，在不遠處，下一場戀愛正在等待著她。

「後記」

續寫這個十多年前未完成的作品，並把它改寫到二〇二一年的時空，全然不覺得已經過去了這麼些年。（這些年裡我究竟做了些什麼呢？）十多年過去了，最令我驚訝的是羅蘭・巴特《戀人絮語》仍然是解決戀愛中的人的煩惱的最佳讀物。它所創造的後設系統是如此完美的能與處於愛情的人的系統吻合：以理性的方式解讀瘋狂。羅蘭・巴特以戀愛去思考後設和語言，我則以後設和語言去思考戀愛。這是一個值得紀念的狀態：每一次的戀愛。如果你在閱讀這篇小說時感到莫名的感動，那麼恭喜你，你一定曾經經歷過真正的戀愛之感；而我常常懷疑，在這個城市生活的人，是否每個人都曾經經歷過愛情。

故事的碎片

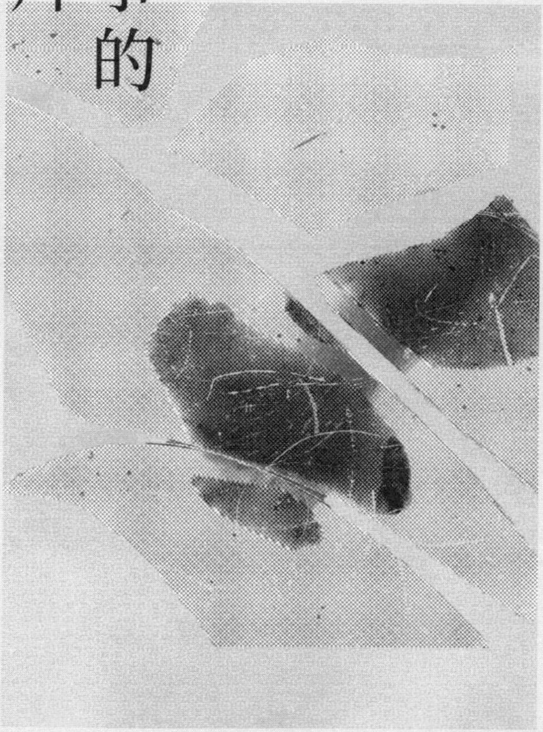

一、影

「依呃——依呃——」

這一刻看的是天，下一刻看的便是地。

天已轉暗，高大深沉的樹影壓將下來，與地上的我的影子交相擁抱，融為一體。風從天邊吹過來又吹過去，經過山，經過海，吹過十萬八千里，不一刻就吹到我的腳旁，然後剎地靜止，黑夜就驟然瀉下。我從晃到天邊的鞦韆上跳下，雙腳著地，腿一軟，就跪倒在黑沉得像無底的地上。

冷。

無邊的恐怖，從心的中間點向四方流瀉。

黑色的葉影濃濃的被掀起，迴旋的升至半空。當中的一片掠過我空洞的黑色眼珠前，我的眼內就立即出現千千萬萬的葉的迴旋。只是，這樣的黑色葉影，在我的漆黑的眸子裡，變得什麼也看不見，就像漆黑吞噬了無數的葉子。我紫黑的嘴唇吐出黑飄飄的葉片，於是葉影又濃濃的被掀至半空。

墨般的眼眸又怎能在黑夜中看見光呢？

二、埃及的家

秀茂坪既不秀也不茂，從山上望下去，就像一個埃及的城，那兒的樓房全是泥黃色的，各種各樣的人就住在這些同一色調同一間格的樓房中。廿一座與廿二座是一樣的，廿三座與廿四座也毫無分別。但是在阿珠的心目中，廿二座是比較特別的。因為廿二座有一條非常陡斜的樓梯，阿珠與她的一眾弟妹，總愛在這條樓梯上玩。那種玩不是一般的玩，而是比賽誰有膽識從最高的梯級上跳下來。但慢慢地，大家就厭棄了這條樓梯了。她們的比賽改成在鞦韆上。她們站在鞦韆上，雙腿蹲上來，蹲下去，當鞦韆盪得最高的時候，當她們可以看到埃及城內的人的起居時，她們就會縱身一跳——雙腳一著地，就擺出一個勝利的姿勢。

埃及城內有廿多幢樓，名字是一座、二座、三座……阿珠的家在廿二座，與廿一座是連體嬰，城外人在外邊一看，總不知原來是兩座樓。因為樓下有一街市的緣故，廿二座也就成為小巴上最常被叫來下車的名字。與廿一座一樣（當然也與第一座、第二座、第三座……一樣！），廿二座共有十三層，又有三部電梯供樓內的人上上落落，它們會在第八樓及第十三樓停下來，設計師的想法真周到！（怪不得人家說埃及的建築至今仍然是個謎！）若你是住在一至三樓，設計師預算你不會用電梯而用腳走；若你是住在四至八樓，設計師則認為你可以乘電梯至八樓，然後再用腳走。住在第九至十一樓的最幸運，可以乘至八樓或十三樓，選擇走上還是走下。在第十三樓當然乘至十三樓，毫無疑問。（設計師的想法真周到！）

她的家在三樓。

每層樓的樓級都被折成兩折，每折十級，走完二十級就可完成一層。最美麗的要算是折與折之間的「蜂巢」。為防小孩子攀登欄杆而墜樓，埃及城內的欄杆全採用蜂巢式設計。一圈一圈的蜂巢圓，使外面的陽光捲成圓筒形透進來，隨著天色的轉變，地上的圓形光紋就變化萬千如萬花筒。課本上常常說我們要像蜜蜂一樣勤勞，阿珠總是想，我自己就已經是住在蜂巢中了！

是的！不錯！住在城中的人都像蜜蜂一樣勤勞！

阿珠的老竇就是一例。

課本中常常說「要孝順爸爸」的爸爸就是她的老竇。阿珠從來沒有叫過老竇作爸爸。老竇是個長臉少髮的中年漢，他的少髮並不是由於年紀老邁的關係，也不是因為用腦過度而脫髮，總之他就像民初的人一樣，在滿清的時候剃慣了頭，後來雖然剪了辮子，前額的頭髮總是生不濃密。但是他不是民初的人。

他是酒樓的部長，人們都叫他做照哥。他很少回家，大約一星期一次左右，每次回來，總是在騎樓下的小巷大喊：「我回來了！」

然後家裡的六個小孩子就高聲吶喊，爭相穿上堆疊在門口的拖鞋（其中的好幾雙當然是脫底離跟的），啪啪嗒嗒的走過冷巷（阿珠從小就納悶，這些走廊並不冷，到夏季更是熱得人舌頭長伸，怎會叫作冷巷呢？），到了樓梯前，膽大的就一跳跳過十級樓梯而下，膽小的就用拖鞋嘶嘶踿踿的滑行下去，速度也一樣快。穿過防空洞般的大堂，走過旁邊的垃圾房，迎面而來的就是老竇了！老竇此時還未脫下酒樓的白（灰）襯衫，腿上卻已換上薄薄的麻布短褲，手裡挽著個皺皺的袋子，裡面全是一星期換下來的衣物。六個小孩子當然沒有留意這許多，都已經一窩蜂跳到炳記雜貨舖前，吱吱喳喳的不知在爭吵著什麼。

六個小孩你一言我一語，你拿罐頭我拿餅乾，排行第二的阿珠總會拍下弟妹手中的糖果零食，然後把豆豉鯪魚塞進他們的手中。這時六個小孩的面目仍然是十分模糊。

然後，不知是炳記還是老竇的呵呵笑聲，混雜著小孩子的尖叫，街市的叫賣聲，慢慢的迴旋而上，人們的臉漸漸看不清，街市就只剩下一個方格一個方格的輪廓，清風夾雜著豬肉的味道在埃及城上吹過，飄過，於是埃及城便離我們很遠，很遠了。

三、甜筒

超級市場內擺放著一盒又一盒的脆皮雪糕，奇怪它們都不需要放在冰箱中，只是與鄰近的生抽老抽一起並立。我與三弟斗零[3]也沒有，但有一個願望。

一盒脆皮雪糕。（三弟小聲的回答我的心事。）

我和他相視而笑。

四、髮

髮！是髮！這如血般蔓延的髮，冰涼淋漓地纏擾著我、捆綁著我，除了是髮，會是什麼？

阿珠在黑暗中用力睜開眼睛，看見的也是黑暗。有涼颼颼的東西沉沉的壓著她的頸，不！簡直是環抱著她！阿珠掙扎一看，原來是睡在旁邊的六妹，一條幼白的膀臂熱呼呼的圈著阿珠的頸項，為什麼反而覺得涼涼的？可能是頸上的汗被窗外的風一吹，反而覺得冷切冷切的，混合著剛才的惡夢，阿珠不禁戰戰的打了個寒噤。

阿珠起來在老竇房門前張了張，看見他的頭端正地放在那個硬確確的木枕頭上，睡得僵硬如木乃伊。他旁邊沒有人，床的裡邊黑漆漆的有惡魔在裡頭，彷彿老竇一轉身就會被吞噬。沒有綑好的蚊帳虛虛薄薄的鼓脹起來，又癟下去，如一個睡不著的鬼，在房裡警醒地監視著。五斗櫃上一面小小的梳妝鏡，反射著不知哪來的光，映得房裡青青幻幻。家裡的女人不在，整個家就沒有一點人氣。

阿珠老是覺得心慌，卻不知怕的是什麼。媽走了好幾天，家裡只有好，幾個弟妹也好久沒被打過。阿珠一轉頭，見到大門旁的地上供奉著的地主公，心又突地一跳（不是因為怕要被罰跪在地主公前）。剛看慣老竇

---

3 香港舊時的五仙硬幣，俗稱「斗零」，現已廢棄不用。

房中的青影，一轉眼又看到神位的紅光，阿珠眼前一花，鬼鬼神神的面貌互相交疊起來，猛然撲到面前，她不禁退後了一步。

小小的家，小小的家。儘管空間已不多，但是雜物仍然堆積著，使人每走一步都要小心翼翼。阿珠在黑暗中蹣跚而行，仍然不小心的踢到椅子下的餅乾罐，卡啷一聲，卻沒有驚醒任何人。

今天午飯後阿珠下課回家，才砰啪一聲把門關上，就發覺原本該空無一人的家中，竟然有媽在。阿珠一眼瞥見她蓬蓬的黑髮，心裡的恐懼就像水一樣蔓延開來，嘴唇嚅嚅的糊了聲「媽」。媽穿著貼身的蘋果綠旗袍，窄窄的衣領緊繃著頸項，與肥大的臀部互相輝映，活脫脫就是一個汁肉鮮美的青蘋果。她一見阿珠回來就把屁股壓在木摺凳子上，凳上還胡亂放著幾件堆堆疊疊的小孩衣物。阿珠這才留意到她穿著鞋跟極細的高跟鞋，用以誇張她豐滿的下臀。媽說：「你回來了？等你去飲茶呢！」

阿珠想問：你這幾天到哪裡去了？老竇今天晚上會回來你知不知道？但媽沒讓她有機會說話，鞋跟咯咯的逕自出了門。阿珠想是不用換校服了？只好把門又砰啪一聲的關上。到了電梯門前，媽遇上幾個麻將搭子，嘩啦嘩啦的不知說什麼。忽然她一把扯過阿珠到跟前，笑道：「沒什麼，帶阿珠去飲茶嘛。」阿珠唯唯諾諾的陪笑。

她跟著媽搭一號A巴士到尖沙咀。一路上阿珠不斷冒汗，身上的濕氣混合著馬路上的塵埃，像絲襪般貼身難耐。媽雖然就坐在旁邊，然而身上一絲汗水也沒有，儼然身處與阿珠相距十萬八千里的地方。巴士一開動，翳悶的風就拂面而來，阿珠頓時像被棉胎[4]捂臉般感到一陣窒息。忽然，就像精光一閃，一陣殺冷的風在阿珠的臉上掠過，如同目前有刀突然出鞘，歷歷在目透著殺機。阿珠一偏頭，才發現原來是媽那蓬蓬的海藻一般的長髮，正像黑蜘蛛毛悚悚的爪足憑著風伸延過來，蠕蠕爬過她的臉，腳上的帶毒的小鉤正細細的針刺著她每一個毛孔，必死的毒液正滲入她的體內。阿珠乾睜著惶恐的眼，一張臉木然只是一張面具。

很久很久，阿珠感到體內的血都被吸收蒸發盡，就隨著媽下了車。串過幾條繁華忙雜的街道，一個拐彎，媽就熟悉地走進一間只有一扇玻璃門的西餐廳。阿珠只趕得及瞄一瞄，好像是叫翠瓊餐廳？

一走進餐廳，媽東張西望的，忽然就咧嘴一笑。她那濃濃的黑髮突

4 棉胎即棉被。

然被一陣怪風吹散，重重的拂到阿珠的臉上。阿珠心慌慌的，茫然地張了張，媽已拉著她的腕走到一桌卡位前，「喏！總不信人家有個十二歲大的女兒，今天讓你見識過了嘛！」又推了阿珠一下，「還不快叫人？」

阿珠雙眼直直的睥睨著卡位上的男子，認得那是五樓的裁縫，就死死的抿著嘴不肯說話。媽又把她推了推，「叫榮叔呀！」見她呆呆的發怔，只好一把把她推到裡邊的位子上。那個榮叔一味的敷衍阿珠，又點蜜茶又點西點，結果送到阿珠面前的是一塊肥大的蛋糕，奶油厚厚的堆著，像媽搽了沉甸甸的雪花膏一樣。他二人談笑著，阿珠只好有一下沒一下的撥弄那黏乎乎的奶油。當奶茶來過後不久，媽的肩膀忽然被人拍了一下，大家一回頭，媽首先嚷道：「怎麼是你？」

那人自稱是沈太太，可能是媽眾多麻將搭子其中之一。那沈太太先是與媽寒暄著，一雙吊鳳眼卻不時的瞟向榮叔。媽見狀立即擁著阿珠的肩膀笑道：「今天本來帶阿珠來飲茶，誰知接連碰見兩個熟人。這是榮先生，這位是沈太太。榮先生是做出入口生意的，沈太太的先生是紗廠裡的經理呢！」一邊說著手一邊還在磨蹭著阿珠的校服領。阿珠這才明白媽帶她出來的原因，原來是要她做幌子，她心裡真恨透了。

後來他仨又去乘渡海船。阿珠雖然是第一次坐船，但是一點新鮮的興致也沒有。他仨橫著一起坐，儼然就如一家人。阿珠橫眉冷看，見榮叔的手偷偷的摩挲著媽的大腿，心裡就冷了下來。平日家裡六個孩子中有五個要上學，老竇長年不在家，家裡只有媽與兩歲的六妹，原來還有這樣的風光！

船上的風颯颯而來，讓佇立在甲板上的人不會變成石像。這時媽又再披散著長髮，風從側面吹來，她的頭髮就像黑蜘蛛唾下的細絲，四處飄揚，看似柔弱無力，其實卻在誘捕獵物。阿珠忽然想起，有一次，當時她不過五、六歲，在寂寂的黃昏，隱隱約約是一家人在家裡，她不知為何的走到老竇面前，小手指向他一勾，模仿電視中壞女人勾引男人的手法，向老爹說了一聲「靚仔」。當時阿珠的心立即感到一陣恐怖，她不知自己為何會這樣做。媽不由分說摑了她一巴掌，阿珠猶記得她臉上的愕然與激動。

原來媽的蜘蛛絲在很早很早時已向她伸延了。

五、人心

鳳琴定睛看著五榮手中的金手鐲時，五榮心中已是豁然開朗。

「我可從來沒給我女人買過這樣的東西呢！」

鳳琴眉開眼笑，甜聲把身子一歪，右邊的乳房已緊挨著他的手臂，

「那我不是你的女人嗎？」

她雖然是六個孩子的母親，但她對自己的身材仍然非常自信——腰肢雖然已今非昔比，但是與碩大的下臀互相映襯，仍然令人有「腰是腰，臀是臀」的感覺。

她梳著家常的雲式低髻，光潔整齊，此時一縷鬢髮卻無聲地披了下來，與五榮無聲活動著的一雙手互相協奏。鳳琴不盡討厭五榮的手——那是裁縫特有的纖細的手，它摸盡女人的曲線，充分了解女人的身體，是六個孩子之母的安慰。

當然錢也是其中的一個因素。麻將桌上是首飾的展覽地，通常一只金戒指已足夠加入屋村女人的麻將圈子。麻將牌嘩啦嘩啦地叫囂，八隻手似在無章法地遊動，鳳琴不動聲色，知道其餘三雙眼睛正不時注視著自己

手腕上的金手鐲。坐在對面的裁縫女人裝著看不見，一雙手清脆俐落地砌牌，啪的一聲，最先把十八只牌堆好，然後交疊兩手，不為意的一瞥，「啊」的一聲道：「阿照嫂，乜阿照哥咁大手筆買只手鐲你戴呀？」

鳳琴笑著把手一揚，道：「哪是他買的？是我自己的私房錢買的呀！」

裁縫女人給人籠統的印象是乾瘦而窮兇。兩彎小山眉拔得與高聳的顴骨成一平衡線，那小而腫的嘴唇透著幾分小孩子的不耐煩。此時她把眉頭一剔，雙手在牌桌上靈活地游刃，道：「……我家那裁縫從來不會給我買那麼個一只半只手鐲呢，還是阿照哥好哦……不過話說回來，我那裁縫每個月都是實實的把錢全拿回來給我，哪有閒錢買啥戒指手鐲給我！」

旁邊的炳記老婆也插嘴道：「照我看來，還是老老實實拿錢回來才好呢！不是嗎？」忽然啪的一聲打出一只「東」來，笑嘻嘻的道：「那就不用每次買東西都賒帳了！」眾人都微微一笑，心照不宣。

鳳琴的臉刷一聲的紅透，坐不住只有滿口嚷熱，心裡卻恨透眼前這幾個人。她拿眼掃過對面的裁縫女人，「總有一日你會後悔！」

香港的夏季梅雨天居多，而秀茂坪廿二座因為四面皆被城樓包圍的緣故，終日都是昏曖不定，居住在內的人們於是就有各種各樣的故事。

此刻裁縫女人的家雖然也是昏昏沉沉，但是麻將桌旁轟然一盞殺利的大光燈，照得各人如在閻羅王面前，心裡玲瓏七竅人盡皆知。

夏季的埃及城內因為滴風不入，各家各戶日夜都把家門盡開，只是在鐵閘上橫掛一塊布簾，以阻擋路過之人的視線。此時鳳琴的座位正面對大門，忽然門前的布簾一動，她一眼就瞥見裁縫那雙瘦伶伶的小腿，又見他手指指往後樓梯，當下便道：「打了這幾圈衰鬼牌腰痠背痛的，完了這圈我要回去煮飯了！」眾人以為她為了剛才幾句說話鬧脾氣，都勸留了幾句。只有炳記老婆目定神閒的道：「你倆趁早不要阻人家發財去吧！去哪賠只手鐲來給人家？」

鳳琴裝做聽不明白的樣子，啪的一聲打出一只一筒，剪斷了話鋒。突然她一段陰冷的瀏海無聲的滑了下來，她心裡著實嚇了一跳，方才知道自己的臉有多熱。

六、甜筒二

阿雄讀小學五年級，可能因為眼睛生得細小的關係，永遠是滿臉睡意的樣子，老師對他並沒有好感。一眾同學卻是因為他的不修邊幅而不願親近他，就好比上體育課時穿的「白飯魚」，各人的母親都用白鞋水把「白飯魚」塗得白油油的，只有阿雄的「白飯魚」可當黑鞋來穿。

阿雄在家中排行第三，是家中唯一的兒子，但鳳琴卻從沒有視他如珠如寶。家中的母親由二姐阿珠飾演，大姐阿珍已在外邊當文員。

天是白的。細細的冷冷的雨絲落在他倆的臉上。雨落在手臂上，有些小小的事情總是讓人記憶一生。

就好比甜筒。

阿雄與阿珠兩姐弟感情特別要好。他倆總愛蹓躂廿二座樓下的雜貨鋪。鋪內有種雪糕，獨獨不用放在冰箱裡，就只整齊的排在貨架子上。那雪糕盒上有球狀的雪糕圖案，用一個個甜筒盛著，看圖片也看得他二人垂涎。

阿珠知道弟弟的心事，於是平日就不知如何的四湊八合，到攢下五塊錢了，就拉著阿雄去雜貨鋪，買下那盒貨架子上的雪糕。

然而，當他倆打開盒子的時候，卻發覺內裡只有甜筒，一點雪糕也沒有。

阿珠與阿雄兩人乾吃甜筒餅乾的神情，就是點點滴滴。

七、鬼風

媽又走了。走了，就不知會不會再回來。

阿珠在床上側起半邊身子，用手架著頭，審視弟妹的臉上，似乎還掛著昨天的眼淚鼻涕。她下意識的摸摸自己的臉。

毛刺刺的竹蓆子像黃蟻，讓人躺在上面又癢又疼。阿珠輕輕轉身，不由得想起老竇。老竇又回宿舍了，他走了還會回來。但媽……

阿珠竭力回想媽要走的理由。老竇說她「死也要賭」，媽又的確是愛打麻將。但，會是那裁縫嗎？婆婆又說過，媽見到我們六隻小鬼就想死，那，會是因為我們嗎？

冷巷的鬼風祟祟的蹽近阿珠的床邊，「蓬」的一聲，阿珠一頭一臉就被捂著，她的雙手向著空氣亂抓，卻抓住了無形。透不過氣來！她雙眼恐怖的乾睜著，卻看到了無形。胸口碎裂，每吸一口氣就像是吸入千百萬把刀。她的喉頭嚎叫卻沒有聲音，恐懼如流水貫耳，再也聽不見別的聲響。

老竇！

媽……

昨天阿照回家，見到家中幾個孩子像個叫化子般沒人照顧，心就直往下沉。後來見阿珠捧住一碟午餐肉走出來分給弟妹吃，他就忍不住直衝到六樓的裁縫家，砰砰砰砰的一陣亂踢門，也聽不見門內有沒有麻將聲。裁縫女人一臉驚惶的開了門，「乜係照哥呀？」

阿照見鳳琴仍然坐在麻將桌上，更是怒不可遏，一手便把鳳琴揪了出來，鳳琴一甩甩掉了他的手，怒道：「你發咩神經呀？」

阿照很後悔當時那樣不留情面的喝罵她。他真的後悔。或許不罵她，她就會順從的回家去了？

他沒有想到兩人的感情。這些年來她已成為孩子的母親，而不是他的妻。他單單怒她沒有做好母親的本分，而沒有想過她有沒有盡妻子的責任。有什麼好發怒呢？有什麼好怨呢？

她走，只有走回娘家。阿照沒有她的任何消息，威風的丈母娘也沒有找他。

他的丈母娘，是那個時代的傳奇女子。她替政府的洋官管家，平日威風八面，一口香港式流利英語，總是嫌阿照沒出息，總是嫌這，嫌那。

阿珠這時也想起她的這位外婆。外婆總是在預料不到的時間來突擊查看他們。家裡永遠沒有一個大人，幾個孩子正玩得胡天胡地，忽然聽見「砰砰砰砰」的拍門聲，大家就剎地靜默。

「快開門呀！你幾隻死嘢！我聽到你哋喺入面呀！開門！」

幾姐妹你推我我拍你，沒有一個人肯去開門。

「開門呀！仲唔開信唔信我打死你哋！」

死也不開。

到媽回來的時候，五個孩子就一個一個的排在地主公面前罰跪，五雙眼睛總是瞟著外婆的影子。

但這次外婆沒有來找我們。可能她也不知道媽走了。

可能她也不知道鳳琴走了。阿照想。

阿照的宿舍沒有窗，故沒有月光。不知何來的風一絲一絲的編織起來，成為一個碩大的蜘蛛網，反映著不知何來的月光，使一室充滿冷冽的寒意。冷冽的風絲如黑髮般飄飄掩掩的披拂在阿照的臉上，他就大大的打了個寒噤。風絲漸漸織成一個網，一個黑暗的空洞，這個洞像喉頭般一吞一吞，一吞一吞……阿照渾身上下發燒，卻又打了一個寒噤。

八、最後一夜

夜已寂。久不久，才會有一二聲的風聲，或是滴水聲，或是眼淚流下的聲音。

六個孩子都已睡下，可能是睡著了，可能只是裝睡。二人各據廳中的一角，一盞小小的昏黃的燈泡高高的空照下來，有風吹過，燈光就被吹得如漣漪般延散開來，二人的臉上變得陰晴不定。

天熱，各戶都把門大開，月色把屋內的人照成薄薄的影子，鋪在幽幽的冷巷上。冷巷裡的風鬼森森的左串右串，門閘上的布簾這家一鼓那家一癟，無聲的一場舞蹈表演。

鳳琴被布簾突然而來的「伏」的一聲嚇了一跳，本來已盤算好的說話一下子被嚇得吞了回肚。她抬頭，一眼就瞥見阿照背後那個用透明塑膠盒子蓋著的婚禮娃娃。娃娃的眼睛如有生命，此刻眼神就與阿照的一般無異，一逕的無聲在問：「你忘了你結婚時發過的誓麼？」

「你忘了你發過的誓麼？」

阿照忽然站起來，雙眼直直的，背後彷彿有神聖的光。他兩步走到鐵門閘前，輕輕把機括一托，查喇查喇的拉開門閘，風就從他身後吹來，把他映襯得越發神聖不可侵犯。鳳琴明白，就輕輕的跨過門檻，面前的冷巷遠遠的展開，是一條未可預知的路。

走到街上，無處不在的風緊緊的推著她向前走。她望向天，沒有月光的夜滲著無邊的恐怖，她彷彿一個人走進叫天不應的森林，四周全是未可知的景象。然而她心裡明白，這個看似是她丈夫所下的決定，其實是她自己所選擇的。

而阿照明明白白的看見，她走時沒有看過孩子一眼。

九、醉貓照

老竇酗酒不是一兩天的事了。阿珠明白這是大人們傷心的表現，但她想不到原來老竇所受的打擊這樣大。

這天她放學回家，還未拿鑰匙開門，隔壁的余太太就隔著鐵門閘喊住她：「阿珠！有個男人找你很多遍了！你過來聽聽電話吧！」余太太是這層樓唯一有安裝電話的人家。

阿珠向余太太道了謝，趕忙用腳把鞋脫掉，一逕走向電話處。

「喂！是阿珠嗎？我是向榮叔呀！你老竇開工時喝醉了呀，我走不開送他回來，你快來把他接走吧！」

「喝醉了？是！我現在就來！」

阿珠匆忙的向余太太再道謝，就急腳走去巴士站。

老竇發生什麼事了？他一向對酒樓的工作是最認真的！他從不會在上班前喝酒的呀！

阿珠在街上認了很久才認出老竇工作的那間酒樓。她一上到二樓，向榮叔就拉住她走向貴賓房。酒樓的地毯已被人走得起了一刮刮的紋理，陰暗的牆壁令人有傾斜的錯覺。遠處縱有兩隻栩栩如生的龍與鳳，然而那兩雙透著紅光的燈泡眼，蝕掉的金油漆，喧鬧的人聲……阿珠才剛走到房門，只見一張木桌橫飛面前，老竇正脫掉西褲在牆角撒尿。阿珠呆了一呆，眼淚就潸潸流下。

從此阿照在酒樓就有個叫「醉貓照」的外號。

十、刀

每逢初一十五日，不知是否埃及城內人人劏雞還神的緣故，「磨鉸剪剷刀」的聲音就會始起彼落。

阿雄每逢聽見磨刀匠在冷巷叫喚的時候，就會三步兩跳的去找媽。媽這時就會給他兩毛錢，阿雄就兢兢業業的從廚房捧出菜刀，追叫著那聲越傳越遠的「磨較剪剷刀」。他蹲著細看那塊發出暗光的磨刀石，磨刀匠「清清燦燦」的磨刀聲如催眠般惹得他雙眼惺忪。他想，長大後或許我會當一個磨刀匠。

從來沒有人理會他的心裡在想什麼。

十一、鬼風二

眾人都不知道鳳琴離家出走。街坊們還以為她想賺多點外快，就介紹她去觀塘的「山寨廠」去車衣。說那是一間工廠，其實就只有一層樓大小，迫迫壓壓的擺放了十多臺衣車，四周的窗用帷幕圍起，整間房內就只聽見亂哄哄的車衣踏板聲。

監工的是個二十多歲的小夥子，與平常的「山寨廠」不同。他總是無所事事的伸著腿，在門外放著個小小的原子收音機，低低的哼著和著，那聲音就像街上驟來的會吹起裙子的風，是一種撩撥，無端使人尷尬。

午後的陽光不知從哪裡滲入，濃濃的打在他向陽的半邊臉上。他瞇著半隻眼向那邊一瞥，不像監視卻更像調情。慢慢的他把眼波溜過這邊，鳳琴就不自覺的圈了圈鬢髮。她卻臉紅起來，因為這一舉動跡近賣弄。

她一看就知這人富於經驗。然而她不怕，她比他更有這一類的經驗。她未嘗不知選一個比自己年輕的男人的危險性，然而在這個風雨時刻，她只能遇見哪個碼頭就泊哪個。對於這次的出走，她起先還沒考慮清楚，而且事情也未能由她完全作主，她本來是要多攢點體己才離開的。但是老天爺既然讓她遇見這人，那就是他吧。她不夠本錢再等了。

她是賭徒的性格，輸得起，什麼也放得低，而且對她而言沒有比現在更壞的將來了。拖著六個孩子，每天殷勤操持家務，守持著那個如漿糊般黏呼呼的家，有丈夫等於沒丈夫……這不是應該發生在她生命的事。

快要過年了，廠裡的出貨日期漸近，訂單卻又密得讓人應接不暇，廠裡只好違規讓女工深宵趕工。偉生這個負責監督的，這時便要兼任把風的職責。夜裡眾人都走了，鳳琴卻有意無意的俄延著。偉生嘩啦嘩啦的落了門閘，蹲著用沉甸甸的鎖搭把閘鎖起。再站起來的時候，不覺眼前一黑，手一扶就扶在鳳琴的右肩上。偉生不好意思，用搭訕的口吻咕噥著：「身體越發差了，蹲一下子就站不穩。」鳳琴乘勢道：「你單身一人在外，平日難得一頓正經飯餐。我閒著無事留神看你，總是有一頓沒一頓的，就是吃也是罐頭酸菜那一類，身體會好才怪呢！」偉生微微一笑，道：「我就是不願費神每天瞎張羅吃什麼穿什麼……」鳳琴拿眼瞟一瞟他道：「看你這面無四兩肉的，看得人怪心痛！」偉生笑嘻嘻拿肩膀撞一撞她道：「那倒不如我每月付你十元，你每天弄自家吃喝時順便替我張羅張羅，這不是一家便宜兩家著麼？」鳳琴心底暗自盤算，嘴裡卻仍含笑敷衍他道：「你倒想得便宜！你知街市多少錢一斤菜多少錢一兩肉麼？十元我勸你去吃三星飯！[5]」偉生笑笑，口裡沉吟著：「你道我每月賺多少錢？倒不如我把錢全放在你處，你來替我管家好了！」鳳琴口裡咄咄道：「我是你什麼人？好端端的占人家便宜，倒又不會替人家多設想！」嘴裡雖罵著，臉上卻無半點嗔色。

當下二人邊走邊商量著，不覺已走到鳳琴的住處。偉生目送鳳琴上樓，卻發現四周商鋪均靜悄悄的，自己如入鬼城。偉生不熟此地段，附近又沒有巴士可乘，只有硬著頭皮走回家。半路上下起極細的雨，一路上黑沉沉地沒半個人影，極目遠處只有枯黃的一盞路燈。偉生隔著雨花，呆了一樣瞪著燈光，自己就是悽悽慘慘的如畫中的夜歸之人。濕漉漉的街道無限的展延開去，人只有步步為營的一步一步走下去，不知何時會不留神行差踏錯。雨粉打在偉生的眼鏡片上，他用手隨便一抹，鏡片上卻更為模糊了。雨越發緊起來，人在當中便跌跌撞撞起來，沒喝醉也像有三分酒意。

路旁一圈白圍欄，在黑暗中透著慘澹的黃色的臉，圈著陰森森的幾棵楊柳。路極窄，偉生閃閃縮縮的快步欲走過，冷不防一撮冷刺的東西在他頸上一抹，像髮一般，又像是蛇，嚇得偉生轉過頭去用手一撥，卻原來是風吹過來的一段楊柳枝條。一滴水從偉生的頸上流過脊梁，也不知是冷汗還是楊柳上的雨水。從此偉生每次在下雨天見到鳳琴總會有悚然的感覺。

他一直不知道她已有六個孩子，知道的時候他們的第一個孩子才剛剛下地。她說她是三十二歲，整整比他大十一年。他一點也不介意，只覺得她豐滿柔潤，在在都使他得到補足。他是竹筍臉，蒼白得沒有半點血色。人很瘦，個子不高，卻有幾分書卷氣。他自知優點，家常都穿著薄灰西

5 所謂的三星飯，是一種舊時香港低級食肆售賣的菜餚。一碟三星飯上有三塊肉，包括叉燒、切雞和燒鴨，由於價錢便宜，故深受低下階層市民喜愛。

褲，兩條伶伶的褲管若有若無，暗示著他自以為畸零的人生。

人人都誇他做事伶俐，將來理應有一番作為，只可惜個性散漫，不懂把握機會。就連選女人也是隨隨便便的，從來沒有主動追求過哪個，可巧就遇著個主動的鳳琴，卻又一拍即合。他母親嫌她離過婚，他倆結婚時就沒給她看過好面色，何況那時還未知她已有六個孩子。

鳳琴也深知偉生不是有出息之輩，其實她未嘗不可以靠自己掙錢過活。然而，這似乎是個傳統，而她王鳳琴又是個天生有條件靠男人吃飯的，這就似乎沒有不嫁偉生的理由了。

這是互相拖累，她知道，他也知道，而他倆也樂於這樣拖拉彼此的一生，不斷的生兒育女。這似乎與她原本的計畫相差太遠了，如果是這樣，她又何必冒千夫所指而出走呢？

十二、咒的源起

就在阿珠上完中三最後一課的那一天，老竇輕輕的招阿珠進房來，示意她坐下便道：「阿『枝』呀，（早期來城內生活的人，口音也還是帶著北方的味道，這種不濃不淡的口音是當時最道地的。）你知道嗎？你媽要回來了！要回來，我們就得多賺點錢，讓這個家豐豐足足的。不如你出來做事吧，書就不要念了，你出來做事，家裡省下一份學費，又添上你做工的錢，一家不就會生活得豐豐足足嗎？我告訴你媽，就算把那兩個孩子帶來也沒關係，我會當是自己親生的。只要你媽回來就好了……」

阿珠看著老竇一臉笑意，立即就下了決定：「好的老竇，我這就不往下念了，媽回來就好！」然後就走出房嚷著把這個消息告訴弟妹。

媽回來就好了！

有一天，阿雄和幾個妹妹在冷巷走來走去不知玩什麼，鄰居的幾個小孩也走來加入。後來不知幾個小孩在爭吵什麼，鄰居大嬸走了出來看過究竟，又罵了阿雄幾句。阿雄忍不住就把幾句不知從何學曉的粗話大派用場。幾個女人聽見，不約而同的就向著阿珠家門嚷：「阿李師奶，你用不著對這些有爺生冇乸教的這麼動氣呀！」阿珠氣不過，伸出頭去冷巷大叫：「什麼冇乸教？我老竇說我媽快回家了，死八婆！」李師奶哈哈一笑道：「我勸你不要這麼天真吧！你媽會回來？聽你家說她會回來都幾個月了，我昨天才在旺角見她拖著兩個小的，她會回來才怪！」轉頭罵阿雄的幾個妹妹：「你們一家的女人沒個是好的！你媽跟人『走佬』，看你們這副德性是走不脫這一路的！走著瞧吧！將來你們也是要跟男人離婚的！」說罷就拖拉著幾個小孩走回家去。

媽不回來了？她為什麼要騙老竇？

將來我們也是要跟男人離婚的？

十三、美好生活

遠處的山巒煙雨濛濛，墨色淡淡，天空的一角更有一處留白，只要省掉眼前的現代建築，活脫脫就是一幅山水畫，古意盎然。年輕時的阿珠常常認為世界就只有秀茂坪這麼大。到處都是一樣的天，一樣的事。

「碧逸居

美好生活　由碧逸居開始」

阿珠每天從巴士上層的玻璃窗都可見到不遠處這個巨型的地產廣告招牌。然而今天，隔著眼眶的一泡不知哪來的淚與巴士玻璃窗上瀑布似的雨水，阿珠看見的「美好生活」四個紅字被扭曲成歪歪斜斜的水影，像雨夜裡被謀殺的死者，沖淡了的血水從身體涔涔自流。

有時阿珠不禁會想，那可能是一個咒。幾個妹妹都先後離婚一次、兩次、或是三次……阿珠不想應了當年鄰居的預言。但是現在輪到自己也快要離婚了，秀茂坪也快要被拆掉，三十年前的事滴溜溜又兜轉回來。一車子雨天的霉味，阿珠不禁想起三十年前媽帶著她乘1A巴士去赴約的情景。

鄰座女乘客濃厚蓬曲的黑髮隱隱地撩撥著阿珠的頸項，阿珠不由得大大的震動。她一直不敢把頭髮留長。她也不讓女兒留。太可怕了。

女兒與媽不是有太多接觸。女兒說，外婆說完她太瘦後，又用手心一比女兒肩膀附近，隱隱然指著胸脯，叫她要多鍛鍊鍛鍊這些地方。

阿珠不由得想起媽的模樣，烏蓬蓬的黑髮，像蛇一樣的繞著衣服紮緊了的身體，於是就可以像蛇一樣俘虜人心。她討厭像媽一樣的自己的身體，於是終身用寬鬆衣服把自己覆蓋。

她一直以為用與媽相反的生存方式便可避免詛咒，然而當她曲盡婦道，勞心勞力的為了自己的家去努力的時候，她的丈夫卻在深圳的二奶村裡包了個二奶。原來，只靠自己的力量，還不足以解開那如網一段的髮的詛咒。一次一次的原諒，敵不過濃濃的黑夜四面八方的降臨。

然而可笑的是，在離婚的三個月後，她就遇上了一個比她小十五年的男人了。

●本文曾獲臺灣《聯合文學》第十六屆小說新人獎短篇小說首獎，並入選臺灣九歌出版社《九十一年小說選》，初刊於臺灣《聯合文學》二〇〇二年十一月號，頁四二—五五。

紅莓記

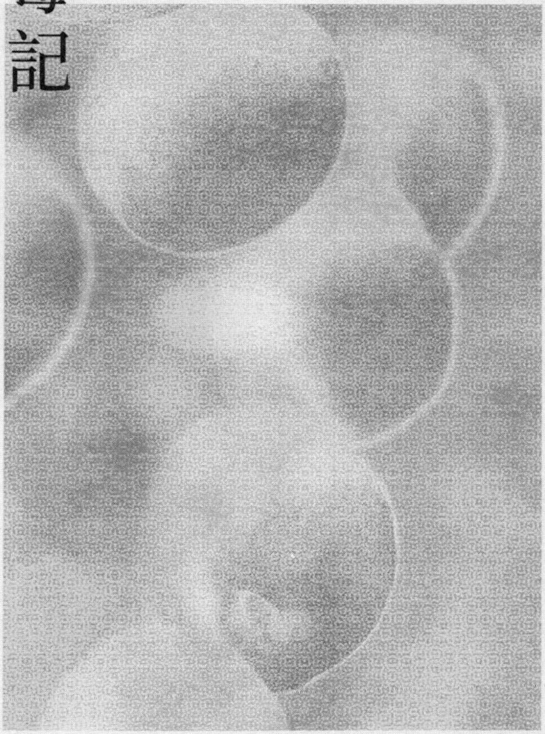

一

這一生我最愛的，也許就只有趙小怡。

她想。

趙小怡有著一個普通的名字，這可能反映出她的父母都不希望她是一個特別的人。然而她整個人充滿著做作的氣氛，而且是一種手段高明的做作，當然這只有她的最好的朋友張揚才看得出來。而一般人，就只是覺得她有著玉一般的溫純的特別，觸手冰涼，緊握後卻有著自身體溫的溫暖。

她整個人充滿著矛盾。她如聖母又像蕩婦；她思想複雜而內心單純；她有極多朋友而又極端自閉；她既快樂又痛苦，有卑微的希望也有宏大的絕望。你可以說她美麗也可以認為她長得非常普通。她的朋友不是非常憎恨她就是極端喜愛她……她整個人充滿著矛盾。

我可以如何用說話去形容她呢？她不會是曠古絕今也不會是前無古人後無來者，然而，就在這一時這一刻這一個地方，就有這麼一個與眾不同的女子。可能只要把差不多的家庭背景、性格及遭遇混合，就不論哪一個時代都會出現這樣的一個所謂的奇女子。然而，當有這麼一個女子出現在你身邊的時候，你就只有迎接的能力，而絕不能有絲毫反抗。

二

夜，在這個你我存在著的地方中，不是漆黑的，而是昏黃的，是那種褪了色的相片的顏色。人若置身在這樣的夜裡，就如同漂浮在一杯擱得舊了、涼了的香片茶中，時而被搖晃得混混沌沌，時而又被遍體的清涼所寒醒。街道上有一排又一排的濃濃的樹像茶葉，這樣的夜，不是漆黑的，而是昏黃的。

趙小怡記得有一天，在這樣的一夜，風剎那掀起了濃濃的樹影的裙子，嘩啦嘩啦的。她的小時候的臉被紛飛的亂髮如重重簾幕遮蓋，從此就得從這簾隙中窺視這個像凍茶的世界。

一般人的世界，就如同畫油畫一樣，不斷的把油彩厚厚的塗上，一層遮掩一層，於是就有由錯誤或遺憾堆成的立體感。而趙小怡，她雖然也是油畫，不過她是屬於點描派，你能夠從遠處自以為是的看清她的大概，但當你開始走近她時，你就只能把她的某一部分放大來看，重重疊疊的色點令人完全看不出什麼。這，就是趙小怡。

三

張揚一直都弄不清自己對趙小怡是怎樣的感情。她起初以為是難得的知己情誼，後來又以為是同性戀，誰知全都不是。原來彼此只是萍水相逢。

起初的時候，張揚一直都以為她倆是好朋友。

誰都知她倆是系裡的好姐妹，形影不離的，如膠似漆的。趙小怡因為有著驚人的美，而且懂得以此發揮經營，於是就得了很多的流言與名聲。沒有人知道她的家世，沒有人知道她從何而來。有人說她是那個捐了一座書院給大學的某某爵士的私生女；有人說她出生於公共屋村，十五歲時就墮胎；有人說她是某名人的情婦，來藝術系念書只是打發沒處花掉的時間。張揚是她宿舍裡的同房，卻是一點蛛絲馬跡也見不到。

她只知道趙小怡愛發神經病。

趙小怡是系裡的天才，幾個留長髮的講師都為她神魂顛倒。趙小怡總是一副作嘔的樣子，然後就傻笑：「留幾條長髮就以為自己是藝術家！」張揚笑道：「誰都不比你更像藝術家了！你沒看過你嗑了藥或是醉了的那個樣子！哈！」趙小怡一歪身，咭咭的笑著倒在床上，宿舍那張不知被多少人睡過的鐵床就「咿咿」作響，如同有人在其上做愛一樣。

張揚眼裡滿是愛憐，心裡不知是什麼滋味。趙小怡不嗑藥就畫不出畫。她的眼睛，因為長期嗑藥的緣故，眼神總是渙散著，一片水濛。整個人終日都是昏昏傻傻，旁人總以為她是隨和、溫柔。

啊！她的溫柔，是系裡出了名的。

不久趙小怡就搬離了宿舍，獨自住進大學旁一條叫赤泥坪的小村子。同學們謠傳她與系裡三年級的師兄同居了，張揚得悉比誰都憤慨，一個巴掌就摑了過去。趙小怡擁著被笑倒在床上道：「要你那麼不忿幹嘛？」

張揚微笑道：「沒有人能從我這裡把你搶走的！」趙小怡呆了呆，然後就把臉埋在枕上，不知是哭還是笑。

四

名叫赤泥坪的小村子裡有一幢房子，本來可能是白色的，然而經過霉氣甚重的雨水多年洗刷，牆身上全都布滿了點點濃豔的苔痕。天暗潮潮的，碩大的落地玻璃窗被緊閉了，一室密不透氣。窗外的樹影張牙舞爪的伸罩過來，是雷電交加的舞臺布景。趙小怡是舞臺上的唯一的主角，她穿著家常的背心短褲，大字形的躺在地板上，右手緊握著不剩半點酒的酒瓶。身旁堆滿了盛著各種顏料的碟子，一地狼藉的顏色滿布。雙眼無焦點的側看著窗外，雙耳只聽見無聲的如戰爭警報的叫鳴。她肚裡有液體咕嘰咕嘰在叫，窗外忽然有一根一根的雨釘向玻璃窗上。快碎了快碎了，風又使勁的推。她枯瘦的雙臂一用力，就撐直了腰身坐起，咕嚕咕嚕的又再把一杯洗筆水喝掉。

一個人。一個人就可以做自己愛做的任何事。

趙小怡再次躺下，長而瘦的雙腿慢慢張開，像做愛時等待迎接一樣。她孩子氣的抬起腿，就像每個男人與她做愛時所做的一樣。熟悉得噁心的動作。哐琅一聲，她弄翻了一只顏色碟片。是紅色的，不用我說，你也能想像得到那紅色的顏料一定是如血如魔的向趙小怡蠕蠕進發，而趙小怡就一定是像瘋狂的女人一樣迎接著死亡的來臨。為什麼徹底的女人總是被大家想成如血如魔呢？張揚想。

張揚來到的時候，就覺得趙小怡像被一圈燈光獨獨的罩射著，是舞臺上的大光燈，她突然起了一種感覺，不論去到哪兒，主角都一定會是趙小怡，而絕不會是她自己。趙小怡是在表演，有人時做戲給別人看，沒人時做戲給自己看。沒有人天生是瘋狂的，趙小怡卻一定會認為自己是。

張揚看著她只覺心痛，就走上前擁著她道：「你這樣是何苦呢？」趙小怡輕輕的推開她，眼睛訴說著：「你不會明白的。因為你是凡人，而且你甘心去做個凡人。」

五

趙小怡離開藝術系轉修音樂副修中文的時候，身邊還有兩個男朋友。她彈琴。常說，按下了，到無法再按的時候。再按。音飾就會圓潤。耳洞穿了一個又一個，卻討厭中文系教的新詩。

我注定做不了詩人，她說。在赤泥坪，夜與一般的夜是不一樣的。一般的夜是昏黃的，像茶。赤泥坪的夜是純黑一片，星特別的亮，人特別的孤獨。一個人，在這樣的夜，就可以做自己愛做的任何事。

你自由嗎張揚張揚你自由嗎？

張揚是一般人，所以就呆了呆，道：「為什麼這樣問？」

你先回答我。

張揚想了想，道：「不……但我已比別人幸福百倍。」沒有人說要幸福，這是安慰自己，沒有人說要幸福。趙小怡輕輕的跟自己說。

張揚道：「我做不到跟你一樣。」

趙小怡道：「為什麼要跟我一樣呢？你看我比你自由嗎？不是的，你知道自己比我快樂，比我幸福，但你一點也不自由！」她越說越激動：「為什麼要幸福呢？可不可以不要幸福呢？為什麼反叛就會得到自我呢？我的自我可不可以是不反叛呢？」她滔滔地說著，到最後自己都笑了，於是就伏在枕上悶著聲笑。張揚也讓她招得笑了，卻是交著手抱在胸前。她的愛一點一點的毀了。

轉了修音樂的趙小怡收斂了許多，藥也少吃了，也沒有與任何男生一起。好事之徒都宣布趙小怡已死，大學的花邊新聞又少了一宗。但趙小怡仍然說，她害怕昏黃如冰茶的夜。

起初世界在被創造亞當在被創造夏娃在被創造之時，趙小怡想，夜應該是漆黑的，亞當與夏娃在這樣的純粹的黑夜之中，睡覺、做愛、聊天，就會特別的平安。為什麼現在的夜不復是柔和的黑夜呢？

很久沒有回去真正的家。回家的路特別的遙遠。一程又一程的路，趙小怡最害怕的就是沒有盡頭的路。呵，你不知道，這城市的路，是多麼多麼的沒有盡頭。我的家在城的最西邊，回家的途中有堆填區、發電廠，然後又會是發黑的沙灘，沙灘上滿是垃圾，野狗天真的在沙上擦身。然後終點就是巴士總站，但！路還是延續下去，一盞一盞的昏黃的路燈，同樣的姿態，同樣的表情，默默的排列下去。你不知道路通往哪裡。村裡的人從沒想到把路一直走下去，趙小怡記得有一天，在這樣的一夜，風剎那掀起了濃濃的樹影，嘩啦嘩啦的。她的小時候的臉被紛飛的亂髮如重重簾幕遮蓋，從此就得從這簾隙中窺視這個像凍茶的世界。

夜裡的尾班車。你拖著無緣無故疲乏的身軀，一站又一站的在等待，回到你在世界盡頭的家。寒冷天氣警告。你在巴士的上層，看著飛快被遺忘的堆填區、發電廠，然後又會是發黑的沙灘，沙灘上滿是垃圾，野狗天真的在沙上擦身。沒有！這樣冷的夜，怎麼會有野狗？你看到的是真正的海天一色。若果不是極遠處的一二船火，你就根本不能在夜裡找到水平線。你看不見海，也看不見天，但你能在驚濤拍岸的一瞬間，看到海浪的泡沫白得耀眼。你在和暖的巴士上，聽不到車外的世界一絲的聲音。任風如何的狂喧，樹影如何的舞動，你在你的世界裡有絕對的平靜安穩。

六

偷生於明暗之間，而你永不知道來的會是黑夜還是白晝。而人們還是說，我們已比很多人幸福。

他，不知出現在何時。趙小怡感到，他每次出現，自己就會變回小孩子。一切的恐懼都源自童年。

上現代文學專題的大講堂燈光昏舊曖昧，趙小怡一走進去就昏昏沉沉如回到從前。有小提琴的淒清在沉澱著，一排又一排的長木書桌，如電影院般山伏著，紅得發黑的絲絨窗帘厚厚的擋著陽光。空無一人。燈光在搖擺著，有節奏地。天旋地轉。趙小怡在最高處，看見極遠的門洞有人走進。看不清面目，模糊。黑色的圍巾半包著臉。極高極高的一個人。

連氣味都一樣。怎會？這麼遠怎會？嗅到。樹的氣味。天將下雨的時候，樹的氣味會改變，天就會變色。前瀏海太長了，爸。我看不見你。我怎樣努力窺視這世界，始終都是窺視呀。我看不見你。你也看不見我的眼睛。不要走近我！不要！

「……」趙小怡笑了笑，道了聲「沒人。」

他就在同一條板凳上坐得遠遠的。

主講的老人臉極黃，趙小怡嗅到死人的氣息，後來才知道這個德高望重的老人患有肝病。同一條板凳上的他努力地抄錄筆記，知道她在看他，就溫柔的轉頭向她笑。趙小怡害怕，立時就收拾離去。講堂裡的樓梯一級一級的極險斜，怎樣走也走不到盡頭。臺上的老人仍在講課，不可置信地看著她在課堂中段離去，講堂裡頓時鴉雀無聲。門一推開，背後的人與事就片片幻滅，面前才是她可掌握的美麗新世界。

七

方令禧知道趙小怡很久了。起初是風聞。後來在升上三年級的時候換了宿舍房間，剛好住在她的樓上，晚上總聽見她的房間傳來浪潮般的古典音樂，就心想，這個趙小怡真是造作得要命。不知是什麼樂曲，就有意無意的去調查，知道是拉赫曼尼諾夫的第二協奏曲。知道了與不知道都沒有分別，他是讀理科的人，半點音樂也不懂得。

常常在夜裡，他的同房睡了，他仍在念書念得天昏地暗。他是一輩子循規蹈矩的好人，孤瘦的臉不剩一點稚氣。為了千辛萬苦掙來的學位，他從不結交莫名其妙的朋友。女朋友他有很多，沒有一個可以阻礙他邁向成功之路。從沒有人能令他上心。然而下意識裡他未嘗不想放縱一下，感受一下自由的感覺，所以他更換女朋友的次數越來越多。

無名的小飛蟲在紗窗的網上無聲的莽撞著，不知是否有一二在什麼時候鑽進了他的耳朵，他的腦中有沙沙的聲音。他搖一搖頭，又聽見樓下傳來的聲音，不是音樂聲，卻是兩個女子對話的聲音，細軟朦朧，是小飛蟲莽撞的聲音。

宿舍底層之下尚有三層地下室，最底的那層有三間琴室，住宿的學生常到那兒練習，旁邊暗暗的一間房是宿舍委員開會的地方。令禧好幾次在開會後，都見到趙小怡在琴室獨自的練習。琴室沒有隔音設備，他清楚聽見她彈的就是那首協奏曲。斷斷續續地，她彈了好幾天都練不好。這天，趙小怡練得久了終於放棄，就站起來收拾。右手正欲放下琴蓋，眼卻見到方令禧在門外目光炬炬的看著她，她的心一凜，手一鬆，琴蓋就砰然一聲落下，把兩人都嚇了一跳。趙小怡逃亡似的離開，令禧忍不住輕輕噢了一聲：

趙小怡！

她頭也不回。

許是在地底的緣故，懾人的寒冷不知從何而來，令禧覺得自己如在停屍房中。他長這麼大也未曾嘗過被拒絕的滋味，他甚至不知道這是否意味著拒絕。

他逕自走去趙小怡的房間，開門的不是趙小怡，卻是一個酷似她的女孩子。令禧不知為何把臉漲得通紅，那女子看見令禧倒是一呆。「趙小怡她不在，她不會這麼早回來的。」

是，我知道。她的腳步聲、音樂聲、挪椅的拖拉聲、倒翻顏色碟子的聲音……我怎會不知道她不會這麼早回來？

「對不起……剛才我好像把她嚇著了，我是你房間樓上的方令禧……」令禧急急的道。

那女子一臉陰霾道：「算了吧你！像你這種男子一年不知會出現多少！趙小怡不會看上你的！你走吧！」

「你誤會了！我不是這意思……」

門已輕輕關上。

令禧看看門上的名牌寫著：

藝術三　張揚

音樂二　趙小怡

彷彿是一張什麼證書，證明著這二人的非比尋常的不知是什麼的關係。

後來。

令禧從來不知道，追求一個女孩子會是如此費力的一件事。或許他壓根兒不應該去「追求」一個特別／不正常的女孩子。他根本無從入手。難道他可以送熊寶寶洋娃娃去討她的歡心嗎？難道她會欣賞他送她鑽石手鐲寶石耳環？他能陪她談論古典音樂嗎？他可以給她的畫一點意見嗎？對一個沒有任何要求沒有任何需要的女孩子，他能做什麼呢？

她甚至不需要愛。

但是不久令禧就發覺趙小怡在逃避他。逃避是一種挑釁。

這一天，在現代文學專題的課上，主講的老人臉極黃，黃得快死了，卻極肯定的在教授著魯迅《野草》中的〈這樣的戰士〉。

「無物之陣」是一個十分深刻的命題。趙小怡！她在流淚！手裡拿著本《野草》。見不到敵人，卻又面對著各式各樣的「壁」。她的頭髮垂下，臉上有不知哪裡投來的陰影，影影綽綽的，她偏一偏頭，知道令禧在遠處窺視著她。趙小怡不理，揚了揚長髮，逕自的重新去寫筆記。

——這就是每一個中國改革者所必須面對的現實。

中場休息的時候，令禧就走去趙小怡身旁坐下，沒有得到她的批准。趙小怡坐的是靠牆的位子，令禧逕自的坐在她身邊，她就沒法走開。她瞄了他一眼，就自顧自的在書上畫符號。

你相信有黃金世界嗎？

趙小怡看了他一眼，淡然道：「將來就沒有黑暗了嗎？」

令禧道：「我知道你，你是那種『於天上看見深淵』的人。」

趙小怡燦然一笑，道：「我也知道你，你是住在我樓上的方令禧。」

令禧很高興，抓了抓頭道：「我每晚都聽到你在聽音樂。」他看著她那薄得透明的嘴唇，心就猛地跳了一下。

趙小怡懶洋洋的瞟了他一眼。你不要來煩我，我討厭你。

令禧卻高興了，認為她對自己另眼相看。他不是新手，知道這些訊號，於是就湊近她身旁與她輕聲細語。不料趙小怡霍地站起，木著臉說了聲：

「讓開！」

令禧紅了臉挪過身子，趙小怡就鞋跟咯咯的像貓一樣躬著身子走開。她挑了一個在教授面前的位置坐下，白皙的雙腿在書桌下發著幽幽的暗光。

繼續上課了。趙小怡坐在那個極前的位置，一臉認真的在上課。令禧知道她不是在聽課。她的心從來不在。

另一邊趙小怡在告訴自己不要怕。咒與夢魘，不一定會如影跟隨。令禧。只會與別的男人一樣，是過客。只有與痛苦或恐懼赤裸地相對，你才可以重生。

八

趙小怡彈琴，是因為喜歡鋼琴的世界，黑與白，清清脆脆的感覺，靠著手指不斷的舞動，聲音才能持續。十隻手指源自同一個人，卻又要是十個獨立的生命，彈奏時永遠感覺不到大腦曾經命令過哪一隻手指去動。鋼琴不像小提琴，鋼琴看上去是小孩子，卻常有驚人的舉動令人感動；而小提琴永遠都是個棄婦，一開聲便是埋怨。

一個人的世界。趙小怡笑說，好的音樂，會令本來是四方體的世界變成圓球體。

令禧與趙小怡一起，總是有一種完結的感覺，在末日之前有最後的平安。**Canon in D**。怎可以愛像趙小怡的女子呢？根本不是活在現實世界之中。

赤泥坪是夜裡可以聽見貓頭鷹存在的地方。趙小怡住的房子前面是曬場，曬場前是荒棄了的農地。夜裡黑得什麼也見不到，不知名的鳥叫得如女子的叫床聲。趙小怡在夜裡聽見，心裡就忍不住偷笑。此刻的她，心裡安靜得如死水，多個月沒有被男性進入的身體此刻才回復屬於自己。極遠處的山上有稀朗的燈火，天可能快亮了，逐漸變成深沉的藍。隱隱約約見到山的側影，如女人的乳房、小腹、足……天生就在這裡的，安靜如死水，與她的心一樣。

令禧卻害怕赤泥坪。夜裡的赤泥坪有趙小怡的味道：人「嗒」一聲掉進濃墨的死水中，沒有其他聲音，只有沉淪在咕咕冒泡。四周只有如盲的黑暗，人雖極力伸手碰觸，卻怎麼走都碰不到任何東西。人在此刻只求碰觸。令禧的瞳孔放得極大，眼也睜得老大，卻怎麼也找不到趙小怡。

很多很多的星！趙小怡赤著腳張開臂，一跳就跳到如深淵的屋前的曬場，在黑暗中她行走自如像是屬於黑暗。

她雙腳一著地，就有風從天邊吹來，令禧的頭臉被風捂住了，連眼都睜不開。他害怕極了，且感到莫名的絕望。趙小怡有自己的世界，就算她是極愛他，且容許他進來，他也將一輩子找不到門。

「你不是找不到，你是不敢。因為你害怕別人的眼光。」張揚悠悠的吸了一口菸，吐煙的樣子像極了趙小怡。

令禧瘦了很多很多，他看著自己瘦得冒筋的手背，又看了張揚一眼。

「你不要再學趙小怡好不好？」

張揚把燃著的菸擲向令禧，發狠道：「我哪裡學著趙小怡了？你以為這世界要算趙小怡最特別？你給她的臭伎倆騙了方令禧！為什麼每個男人都會給她騙倒的？她是神經有問題的，你們就以為她很特別，曠古絕今！你為什麼不醒醒？」

令禧淡然道：「你不是人前人後都以趙小怡好姐妹的姿態出現的嗎？」

張揚重新點起一根菸，深深的一吸一呼。我的自我在哪兒？

起初。張揚是個極平凡的極普通的人。千辛萬苦的考進大學，已是帶著焦頭爛額。家是正常的家，都是有著不了解自己的父母、一大堆嘈吵的弟妹，那裡的世界無時無刻都有聲音，張揚從未聽過真正的寧靜。讀書要去自修室，戀愛的對象是鄰家的四眼男孩，彼此認識了至少二十年。張揚若晚了回家全層的鄰居翌日都會談論著，爸媽吵架是往後大家聊天的材料。這就是張揚進大學前的整個世界。

後來，認識趙小怡是很偶然的事。第一天在大學辦理入學手續，張揚茫茫然的不知選擇哪個書院。這所大學由新亞、聯合、崇基及逸夫四個書院組成，所有人都對進入新亞書院趨之若鶩，然而張揚暗暗覺得有點不自在。她瞄了瞄旁邊的女孩子手上的選擇表，第一選擇：逸夫書院。張揚不禁打量清楚身旁的這個女孩。極瘦的一個人，頭髮黑而長，修剪得參差不齊，臉是白的，化了一點點妝，嘴唇極薄而透明。「你不選新亞書院嗎？」

我這麼一個極度懶惰散漫的人，不會喜歡這些包袱的。

趙小怡又眨了眨眼道：「……而且它的功課是最少的。」

張揚就笑了，跟著趙小怡一起選了逸夫書院，後來更做了她的同房。

九

令禧手中拿著透明的杯子，凍茶的茶葉在浸泡後盛放著，一團又一團。他學著趙小怡把晃著凍茶的杯子搖近眼前。世界突然變得不一樣。是昏黃的，是舊照片的感覺。她為什麼要這樣看世界呢？

宿舍的窗面前是另一幢宿舍。白得發灰的建築物，沒有一個人點起燈火。令禧心中的末日又再泛起，面前是如死城廢墟的一幢又一幢的矮白胖厚的樓房，是死人對化妝的要求。

令禧總覺得，趙小怡將會是世界末日時最後一個生存的人。她將像魚一樣在黑暗中游走，轉眼間就會失去了她的蹤影。

趙小怡又再故態復萌。令禧痛苦得整個人恍恍惚惚，整天在大學的山頭遊盪。他身上什麼也沒有，風一陣一陣的在他身邊吹過，他就自顧自的在走著，走到黑夜將臨。令禧一抬頭，發覺天已變成藍色，暗示黃昏已過，黑夜將至，這是趙小怡每天最喜愛的時間——「藍昏」。不知名的飛蟲在路燈的如霧的光芒下撞來撞去，在寂靜中發出「噠噠」的聲音。有車駛過，地上濛濛的飛蟲的影子就給輾過了，撞散了，令禧的心空盪盪的，怎樣吐也不能再吐出什麼。

一個人的一生有多少機會可以如此頹廢放任呢？令禧突然明白那麼多人愛趙小怡的原因，就是，在她身邊的人，不知不覺就會被她牽引，走進她那完美得可怖的頹廢世界。於是，就得著自由。令禧愛得要吐血。他愛。故此不需要安慰，不需要明白。她的自由。放手。慷慨地。草原的顏色飛快地由綠褪為黃，穹蒼暴力地由寶石藍被生生剖成狗血紅。令禧低頭一看，一隻蛙給他踩得扁了，令禧嚇一大跳，這才看清未來一段山路上，布滿了大大小小的蛙屍，多數是乾癟了，或是缺頭缺手，或是模糊的一團肉。令禧在漆黑中腳不知放在何處，每一步都是有血有肉的，路通往何處？他跌跌撞撞的想往回走，轉身，如山崩泥湧的無數的蛙嘰嘰呱呱的向令禧進發。藍昏變成慘紅，飛蟲、趙小怡的血手臂、缺掉了頭。腿一張開，迎接的空洞，走進去就出不來。血紅的唇。誘人的姿勢。手指在乳蒂上擦過。濕潤的眼眸。他不斷的看見下賤的，淫穢的，荒誕的，徹底的，趙小怡。

十

趙小怡看著血從手腕中流出來的時候，發覺原來世界是無聲的，靜得，如同世界只剩下一個人。偌大的城黑的黑了，有光的地方也沒有一點人聲。你在虛假的街上走著，不敢發出半點聲音，因為當世界只有你一人的時候，你就沒有發出聲音的必要。因為只有你一人的緣故，你逐漸忘記了恐怖的感覺。你在街上把商店的門推開，你麻木著，按捺著，害怕回轉頭恐怖把你吞噬。你忍不住喊了一聲，聲音四散而不知去向，你站在世界之中，四周只有高樓，連鬼也沒有。你向著一扇又一扇發亮的窗走去，內裡總是空無一人。你漸忘記這個世界本來是有沒有人的，你開始懷疑。

手腕的血好像開始凝結，趙小怡舉不起手來，躺在地上，眼淚沒價值的流在地上如河，流向無止境的恐懼與痛苦。為什麼會這樣痛呢？你不敢直看自己的傷，你害怕見到自己流血的樣子。你盡量麻木著，以為這樣就不會感到痛。

停不了的自憐自傷。不斷的把傷口挖大加深，結了痂又再把它撕掉。別人卻以為你是與眾不同的人。

耳上一排又一排的耳環輪流發出光芒。趙小怡的左耳因穿耳而發炎，已經全耳通紅。她一手扯掉那些耳環，火辣辣的痛傳遍全身，她卻哈哈大笑起來。人不甘於受上帝控制，所以總有尋死的念頭。

無力的風把虛掩的門掀來掀去，每發出「啪」的一聲，趙小怡睡著了的瞳孔就會放大一次，意識就會回來一下。人像被拆散了的積木，支離破碎的分件亂放。意識升起至半空，看見這樣的破爛的自己，有蟻在手腕上爬行。

你究竟知不知道自己在做什麼！家裡如古墓的陰涼，窗外的光強烈如照明彈。所有人在強光前都成了黑暗的影子。哥哥！

哥哥咬著綁在他身上的粗麻繩，嘴角已有點點的血跡。趙小怡聽不到爸在大罵什麼。一切都是無聲的。哥哥一滴眼淚也沒有。屋內唯一的窗給打開了，鐵窗柵也打開了，哥哥不知怎的給吊了出窗外。那時趙家在十六樓。

哥哥沒有求饒。媽在哭著。口卻也在罵咧。打！打得一枝藤條變作數節，如花開般燦爛。

趙小怡看著左手的手指在微微顫抖，就冷笑。爸這樣做，真的是貽笑大方。她真的覺得很好笑。這種打一點用處也沒有。

我愛媽媽，也愛爸爸。

媽媽愛我，爸爸愛我。

我愛我的家。

十一

令禧決意要報復。可憐的方令禧。他自己說。趙小怡面目模糊的臉一閃即逝。是星在夜裡閃爍的一剎那。樹影又再叫，令禧捂著耳，不讓自己回到那個赤泥坪的黑得純正不染的夜。一點光也沒有，也沒有一個人。只有趙小怡，血的氣息充斥著夜裡。就是一個人也沒有，你就感到有千千萬萬雙眼在注視著你。只有趙小怡游走在黑夜中如一尾魚。骯髒的地板有黃色的汙穢，一條又一條的長髮在旋繞，被無聲的風挑撥著。燈是有的，可惜是昏黃的，搖晃著，人的意識也就跟著昏昏沉沉。牆上一個個清晰的血手印，已經變成結了痂的褐色。眼睛怎樣努力的睜著，眼前始終是汪著一片迷濛，怎樣也看不清。趙小怡飄進來了，一身的腥膩的顏料味，頭髮束起了，耳上一排排的耳環發著一點又一點的暗光。整個人薄得像影子。她如慈悲的聖母，一步又一步的走近，足下有罪孽的苦杯。手指碰著了令禧的臉，是濕的。趙小怡輕輕的掰開他蠕動的嘴，摳出一顆又一顆的七彩斑斕的藥丸。吁出一口氣，你這又是何苦呢？

令禧像是把整個的自己都掏空了，他的童年他的快樂他的眼淚他的骯髒他的痛他的羞恥他的血他的肉他的眼，遇著趙小怡就一股腦兒的拋給她了。他就只剩一腔熱愛塞在肺腑之中，鼓得他極為難受。為什麼要愛呢？為什麼要走進去呢？

「……愛你……很痛很痛。」

……這就是時候走了。

趙小怡無所謂冷無所謂暖的站著。

令禧於是就跌跌撞撞的回到人間，人傷得整天的在嘔吐，因為他終究只是一個凡人。

十二

一起給困著，就會互相撕咬。把愛一點一點的毀掉，然後走出囚籠。已經無法回頭，所謂愛就是恨。厭倦，不捨，受傷，自毀。再見了，這就是我們的告別。

十三

神祕的宿舍住著很久很久以前的一個舍監。聽說曾是音樂系的教授，因為失戀而精神崩潰了。在這所灰白如死城的大學宿舍中，一住就是三十年。沒有人趕她走。趙小怡看著她在寒冷的天氣中穿著一雙紅色的膠拖鞋，足趾上長著紅紅的凍瘡，心裡就一陣陣發緊。舍監仍然愛好打扮，十數條眼線像蟲一樣橫陳在眼皮上，於是就令人不好意思看清她的眼神。頭上束著十數條辮子，體形胖得如山。身上是過時的服飾，對於她來說，時光就停留在一九八三年。

或是一九八四。

趙小怡離開赤泥坪回到張揚房間的那天晚上，如常的走到地底的練習室。瘋了的舍監就在裡面！鋼琴聲咚咚砰砰的如指頭被砍落。右手是天堂左手是地獄，強音弱聲斬釘截鐵的分開演奏，大調小調一起被演奏著，節奏快如閃電慢如流水，趙小怡禁不住捂著嘴偷偷流淚。她看見舍監就如看見自己。

上帝從來不會白白賜下天才。倘若你不肯為祂服務，要祂收回，要麼你就瘋掉。

十四

又再愛上別人了。又再是估計猜疑痛苦甜蜜。不斷的搜集證據證明他是否喜歡自己，不斷的自問自答。流行音樂調到最大的音量。房裡的黑暗在浮游，眼淚在無重狀態一出眼眶就飄浮於空氣中。曾經以為令禧會是最後一個。令禧。

又再想起另一個人。以為得到令禧便能忘記。已經忘記起初的愛的快樂。再嗑更多的藥，再割更多的疤，再流更多的淚，始終都不能把痛苦與思念永遠保持。終有一日會康復，總有一日會忘記。沒有快樂，更沒有痛苦，就是行屍走肉。

趙小怡雙眼有很深的散光，於是在夜裡不論看到星還是看到燈，都會如煙花般璀璨。在這個又再喜歡上別人的一夜，她在宿舍房間裡所見到的，無非就是預料之中的一次又一次的如煙花般璀璨的戀愛。未開始已預計到結局。趙小怡討厭自己此刻的思緒竟是如此清明透徹。

而那個人是誰，已經不再重要。

十五

旁人仍然以為趙小怡與張揚是好姐妹，趙小怡也一樣。趙小怡肆無忌憚的談論著她的新男朋友的一切，張揚就只是默不作聲的聽。

令禧很快就知道了一切。他想到復仇的方法，就是與張揚成為一對。張揚。看著自己極平凡的眼睛，看著自己極平凡的嘴唇。鏡內有趙小怡以及自己。

「我討厭你的造作。」

我沒有造作。

或者說，我從來沒有意識的造作。

「你總在裝可愛。」

我沒有！

或者說，我知道怎樣討人喜愛。我的手段高明。

「你以為自己是白流蘇？」

我沒有。但你不能否認，我的繪畫、我的彈琴、我的寫作、我的率性、我的傷痛以及我的不專一，與擅於低頭源於同一道理。

「我非常討厭你！」

這是因為，你看透了我的手段，但你沒有我的高明。我用手段，但我是天真地用。

而你一直以為我在嘲笑你的不高明。

我沒有。

令禧與張揚開始出雙入對，甚至在宿舍內公然做愛。於是趙小怡就在旁播放色情光碟，把音量調至最強，房內就充斥著「依依呀呀」的叫床聲與喘息聲。趙小怡看得擁被咭咭低笑，像完全不覺他倆就在旁邊。

令禧在完事的一刻，眼淚就不斷流下。

十六

後來，趙小怡在一個星夜與張揚步行去另一個山頭的書院吃晚飯。香港特有的黃梅天在淌著水，大學佇立在山間，霧氣濃得令人窒息。是一幅黑與白的圖畫，人一走過就有濃濃的墨跡留下。趙小怡與張揚在當中游走，如同魚。趙小怡喘噓噓的口中冒出氣泡，靜默無聲的升至半空，如星。

「你知不知道，曾經有一個時期，我以為自己很愛很愛你。」

趙小怡垂著眼，一言不發。

「……大概你是知道的，對嗎？你怎會不知道？」

趙小怡又吐出一個氣泡。張揚，是你太天真了。你是好人。

張揚哈哈一笑。「你知道現在我很討厭你嗎？」

趙小怡說當然知道。為了令禧的緣故。……其實事情根本就很簡單。我喜歡玩。愛令我嘔吐。你明白嗎？就像在自己母親面前裸體一樣令我嘔吐。

「為什麼你要這樣作踐自己？沒有人不想要愛的！」

當你不斷的愛，不斷的把愛當作垃圾般隨處遺棄，當你再聽到「愛」，你就會嘔吐。嘔得，昏天暗地，日月無光，連自己也給嘔了出來。這時，你還想愛嗎？

「我不明白你！趙小怡，我真的不明白！為何你不能活得單純一點，像我，像令禧……」

我看見你們這樣活著我就覺得沒意思。

……

當做愛太多，就只剩下抽插。當戀愛太多，就只剩下默然。當思考太多，就只剩下嘔吐。當想念太多，就只剩下憎恨。

十七

當令禧看著張揚裝模作樣的一舉一動都有趙小怡的影子時，就有打她的衝動。呼煙的樣子。看卡通擁被而笑的樣子。白襯衫下愛穿黑色胸罩。看書皺眉的樣子。愛把房燈關上瑟縮在床上發呆的樣子。一切一切，張揚不僅把趙小怡的舉止學到家了，連靈魂都有了，於是就失去了自己。張揚在床上閉上眼的樣子像極了趙小怡，關了燈做愛的時候，令禧總以為自己又回到赤泥坪那個純正不染的夜。

於是有一次，令禧在一次又一次的抽插中，看著張揚閉眼呻吟的樣子，他就忍不住刮了她一巴掌。

張揚呆了，瞪著他，然後一手推開了他，二人就由一體分開成兩個人。她隨手披上襯衣，混亂中她竟能分辨拖鞋的左右，然後就劈劈啪啪的趿拉著拖鞋走到公共浴室。她半裸著身看著濕透的鏡子，鏡在流淚她也在流淚，她看著自己就像看著趙小怡，她震顫著嘴唇，雙手握拳，喃喃恨道：

我要報仇……

十八

出走，又回來。逃去，被逮回。我沒有自我，所以我要找尋。

令禧道：「你不應找一個只有自我的人去模仿，因為你始終不是趙小怡。」

你不也是以為自己可以像她一樣嗎？否則你失去她怎會如此痛苦？

令禧沒作聲。

十九

藝術系的同學在談論著一個人。

「她那種獨特，是學不來的，真想知道她的心在想什麼。」

「你看過她的畫沒有？那種感覺，真難以形容。好像用小孩的眼去看最殘忍的世界一樣……所以震懾人心。」

「啊！」那人伸一伸腳，道：「如果我可以像她一樣就好了，那種獨特的氣質！」

「你認為有人教導她的嗎？我不相信一個人天生就有那種獨特的氣質，應該是後天培養的。」

「思考形式、感覺、性格，是教不來的，雖然技巧可以後天培養。」

「我好喜歡她呀！雖然是同性，我看著她就覺得她性感……」

原本在畫室某一角的張揚忍不住站起來，走進人群中道：「你們不知道嗎？趙小怡的一切都是她爸爸教她的，包括性技巧！」

二十

流言如流水，只要有能滲透的地方，就沒有一處不能滲透。

令禧又打張揚了。這已是一星期內的第三次。他怒氣沖沖的走進來，一手就把張揚推倒在床上。「你不是趙小怡的好朋友嗎？你知不知道你在做什麼？」

又是為了趙小怡！張揚大聲叫道：「你不也是最愛她的人嗎？你又為什麼要拿我來報復？我恨她！我恨這個女人恨得要死！有她的地方永遠沒

有我，憑什麼她趙小怡永遠是人們目光的集中點而不是我？她假惺惺的自以為特別，對什麼都一臉不在乎的樣子。方令禧！你在她心目中什麼也不是！你有沒有看到她看著我們做愛的樣子？她是沒有心的！你不要給她的什麼畫什麼音樂什麼勞什子給騙了！我就不信她對自己的出身一點感覺也沒有！你走著瞧！這次她再也不能裝出一臉事不關己的樣子！」

二十一

要怎樣才能不再受到傷害呢？要怎樣才能不再感到悲傷呢？陽光。靜止。偷看。接觸。逃避。陌生。我仰望太陽，世界就變成金黃色，與我毫無關係。萬物在旋轉，我在中央。忘卻自身的存在，萬物就會寂止。

快要有暴風雨的時候，天會變得很近很近，橙黝黝的，如在目前。那種快下雨的氣味，像濕了的青草，像快要哭出來鼻子發酸的感覺。

風真的來了！濕的亂葉在飛舞，整個世界在安靜中亂哄哄。

這是我的世界，那種腔調，那種發霉的氣味。

很久以前，當我還有孩子的心的時候，我以為，只要我把我的世界裝飾得完美無瑕，人們一進來，就會發現這樣一個與眾不同的世界，留下欣賞與讚美。

後來，當我發覺，人們一走進來，只會發現恐怖裝假造作苦惱，我就決定，要把這個在我眼中像寶盒的世界鎖起來，任誰也不能進來，只有我自己，在快樂憂傷痛苦無奈之中徘徊的時候，才可自我放任的在其中游走。

我卻沒有想到，後來也有被責難的時候。這次的指控，竟然就是我不把寶盒打開，令其他人走不進來。我雖生而有口，卻可以說什麼呢。

於是趙小怡就默默無言的把餘下的大學課程完成，畢業後就進了一所學校擔任教師，繼續她的傳奇。

●本文初刊於臺灣《聯合文學》二〇〇三年十二月號，頁一一六—一二九；後收入《臺港文學選刊》二〇〇五年第三期。

胸圍

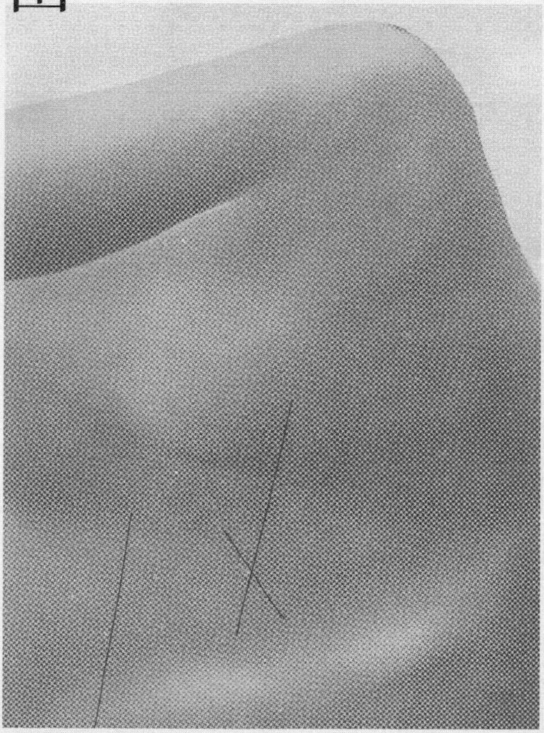

一

炳發掀起蓋得鬆鬆的洗衣機蓋子探頭一看，心先是突地一跳，然後就一直往下沉、往下沉。

他苦惱地伸手抹掉鼻上一層汪亮的油，鼓著黑亮的臉沉吟出一句粗話，然後無可奈何地從洗衣機中伸手奮力一抽，就抽出一串染得紅紅綠綠的衣物。

胸圍襪子襯衣內褲不分男女老幼全都糾纏在一起。炳發心裡煩躁，只得先把幾個最重要的胸圍救出來。他望著這幾條帶水彩紅的「屍體」，想起今天早上他老婆臨上班前，曾千叮萬囑他不可把那件從女人街買回來、印有「香港」字樣的T恤放到洗衣機與其他衣物一起洗。她預知「香港」的紅紅綠綠是會褪色的。炳發分不清這些屍體是屬於他老婆還是女兒的。他暗暗希望不要是他老婆的……

是他怕老婆嗎？當然不是！他洪炳發天不怕地不怕就只是怕女人煩！啊……今天晚上她回來知道了，會怎麼對待我呢？罵是一定的了，我清楚她的招數，不外是一哭二鬧，上吊總不會吧！

炳發望望那些胸圍，心裡想道：「啐！怕什麼？胸圍是穿在裡邊的呀！染了色有誰知道？有誰會知……」

不會是那個眼光閃爍的鬍鬚勇吧？

炳發沒有心情晾衣服了。他懶懶的躺在老婆的下格床上，呆呆直視上格床的床板。老婆的床上滿是未摺疊好的衣物，炳發亂躺在上，心裡感到怪怪的，頭一次對老婆有內疚的感覺。家裡所有人習慣什麼事也拋給她，就像這堆衣物，大家哪兒也不放，偏偏要放在她床上，好像這全是她的責任。但這念頭只是一閃而過，炳發仍然懶懶的沒有動。

他側起身子，看著這狹小的家。家裡沒有地方，炳發自從小女兒出生後就一直沒有和他老婆同過床。哪裡可以放得下雙人床呢？夏天夜裡蚊子多，常常咬得炳發在上格床上輾轉反側，弄得木床咿咿呀呀的，他老婆總是一夜沒有好睡。兩人為此不知吵過多少回了。

一屋子霉濕的空氣。他的目光又落回那洗衣機上。洗衣機的底部生了密密麻麻的鐵鏽，像病菌般蔓延開去。底下一片水汪汪的，反照出窗外的一點光亮。這是全屋唯一的光。窗前晾著已經晾了幾天仍未乾的衣物，風從外邊吹進來，於是屋裡就有一股衣服濕翳的氣味。電冰箱很高，擋住了半個窗戶的光線。屋裡是靜止的，只有濛濛的影影綽綽，人在屋子裡，就只有暗黑的影子，自己卻不見了。

炳發已經忘記了今天是何月何日。沒有工作的人總有這一感覺，就是每一天也是一模一樣，沒有所謂昨天、今天或明天。屋裡永遠是陰天裡的黃昏。心情好的時候，炳發會到街邊的小公園下棋賭錢。他又曾心忖要買一隻相思解解悶，可是每一次他都強壓著這念頭。畢竟養鳥實在太像一個退休老人的行徑了！

炳發今年剛好五十，他常告訴自己只是暫時性失業。不是那個財政司說的嗎？明年的經濟一定會轉好的！只要經濟一轉好，他就可以再駕駛貨櫃車了！儘管每天要工作十八小時，但，有工可做總比現在天天在家受氣好呀……

以前炳發每天得清晨五時起床，然後連續十八個小時不斷駕車來回香港及大陸，忙得連吃飯上廁所的時間也沒有。炳發的小女兒也曾好奇問他長期在車上如何解決排泄問題，她笑問：「小便還可以用空樽盛呀！那麼大便怎麼辦？」炳發尷尬地笑答：「所以我們這些貨櫃車司機從來不會浪費那些吃飯剩下的塑膠盒子呀！」

許是長期忍尿的結果，炳發的腎一直不大好。然而腎越是不好，炳發就越是要證明它沒事。炳發從來不知，原來用錢買下一個女人讓她貼貼服服，是一件多麼令人快慰的事！濫嫖的結果，卻是使炳發看穿那些深圳女子的心理。但既然一方為的是錢，一方為的是欲，那麼還是老老實實乾乾淨淨包下一個好！深圳有個家，那在上邊工作得晚也不用睡貨櫃車了。

但炳發天生是個慳儉老實人，在深圳用不完的避孕套也不捨得丟掉，一併帶回來香港。只是他不知道世上沒有不搜查丈夫東西的女人。

事情很快就給揭破。家中所有人都支持炳發老婆離婚。炳發忽然驚覺自己勢孤，且也從沒想過要在年已半百之時妻離子散，於是只好迅速搞妥事情，離婚一事也就不了了之。可是炳發自此在家是失勢了。

偶爾，當家中無人，炳發喜歡躺臥在他老婆的下格床上，直直的呆視漆黑的上格床床板，緬懷一下上邊那個喜穿紅色胸圍的深圳女子。他老婆從來都是穿肉色胸圍，鬆鬆的肚皮頂著鬆鬆的乳房，但那個阿容……那個阿容……她可是個純純的女子呀！孩子般的臉、孩子般的身體……她若非真心喜歡自己，何必要死命的纏戀著他？外頭比他洪炳發有錢的男人多得如繁星呀！他不信阿容跟那些深圳女子是一樣的！

而當晚炳發的願望是落空了。因為那幾個被染了色的胸圍分別屬於他老婆、大女及二女的。小女兒沒份，因為她的胸部只有29吋A，不用穿胸圍。

二

我們實在不知道炳發的大女兒有個怎樣的中文名字，只知道所有人都叫她做Happy，Happy Hung。Happy人如其名，終日都是笑嘻嘻的，認識她的男人沒有一個不喜歡她。Happy交遊廣闊，從來沒有得罪過一個人。她常常笑，以致後來她的男朋友們在打她時都不許她不笑。

除了笑以外，擁有一雙很大很大的胸脯也是Happy的另一特徵。當她的胸脯隨著呼吸顫顫巍巍地震動時，不知震撼了多少個男子的心。她清楚知道男人們愛她的乳房比愛她的笑容為多，於是後來Happy就不再輕易地笑了。

Happy不懂她那雙乳房有何吸引，只知道它們實在是大。男人們都把她視作性感尤物，卻不知她痛恨和男人上床。每次都是一式一樣的活動：接吻、脫衣、上床、睡覺……其實她從來都沒有感覺，但每次她都要裝作很享受的樣子。她實在忍受不住了。

和那些男人上床時只有一刻她會覺得快樂。她喜歡看著那些大男人們像嬰兒般戀戀不捨她的乳房。當那些男人羞澀地從她的胸部抬眼來偷看她的一瞬，往往使她感受到一種母性的喜悅。

Happy憑著這雙乳房，就可以從一個男人走到另一個男人，於是三餐一宿也就有了著落。可不要誤會Happy是一個妓女，她，只是一個職業同居者。

但凡是一項職業，則總有失去的一天。Happy這三個月算是失業了。她一見銀行存款只剩下三十元，就想起了要回家。

多年不見的家，卻是一如記憶般昏暗。Happy厚著臉，選了個吃晚飯的時間，千辛萬苦的扛了三袋衣物回到家門前。她隔著鐵閘看著一家大小在吃晚飯看電視，卻一直沒有人理會她。Happy心中波瀾起伏，多次想轉身離去，卻始終提不了腳。若不是已到山窮水盡，她今次也不會抓破臉回來。終於到了半夜，母親沒有哼一聲的開門讓她進來，Happy這才吁了一口氣。以前她睡的上格床還在，只是堆滿了雜物。她看著母親為她張羅的時候，一雙眼不知怎的就只是覺得熱，厚厚的睫毛液更開始糊著雙眼。

當晚Happy睡在那張已不再熟悉的上格床上，整個人就只是覺得疲軟，手腳都好像抬不起來似的。她側一側頭，隱約見到床柵上貼滿一片片灰濛濛的東西，細看之下，才發覺是小時候十分鍾愛的「小忌廉」（臺譯《魔法小天使》）貼紙。一床都是滿滿的花綠綠的貼紙，Happy不由得想起那個年代的小女孩，全都渴望像卡通片「小忌廉」般，漂漂亮亮的，永遠得人喜愛。小時候當公主的夢沒有實現，兜了一圈，終於還是回到這張床上。

第二天起來收拾東西，Happy發覺家裡再也容不下她那三大袋衣物了，又不好丟掉家裡的東西，於是只好收拾自己的。三袋衣物變成半袋，內裡多是胸圍。

Happy一直覺得全身只有那雙胸脯最值錢，於是花了最多的錢去買胸圍。她甚至想過專為自己那雙乳房買保險。她不能想像沒有了它們她如何維生。

芸芸眾胸圍中只有一個不是她自掏腰包買的。那是一個白色、沒有蕾絲、沒有碎花裝飾的胸圍。

這是她第一個真心愛的男朋友送的。她猶記得那一晚他的父母回鄉下，家中只有他倆，他如何纏著磨著她要幹，她又如何死命反抗。不是為她的貞操而反抗，而是不想給他看到自己穿著霉霉破破的胸圍。那個顏色曖昧的灰色胸圍……她想起就忍不住要笑。小時候家貧，那有多餘錢可以常常買新內衣？

到他再一次要求時，Happy這才委委曲曲地把原因告訴他。到了第二天，她便收到這麼一個胸圍。為著它，Happy也給了自己的第一次予他。Happy覺得兩者的價值是同等的。這就是愛情。

這一天，Happy又再從衣物堆中找出這個奶白色的胸圍。她找著了！甜絲絲的把它按在胸前。他終於回來了！更來約她去聚舊。Happy滿懷希望地把這個多年不穿的胸圍小心翼翼的放進洗衣機中。說不定他倆會舊情復熾呢！她一直以來的夢也許終於可以實現。

三

我恨死我的二姐！我討厭她到無可自拔的境地。這個女人，懶惰！骯髒！暴躁！沒耐性！沒責任心！我……我想她死！

學校的聖經課說憎恨一個人就等於殺人，我倒願真能除掉這女人！

她每一次在廁所更換衛生棉後，必定忘記善後。用過的衛生棉丟在洗臉盆，地上又有血漬滴滴。她吃飯時不斷說話，飯菜碎屑沾在牙縫她就公然用舌頭筷子去挑。她的胸脯托得高高的，走起路來未見其臉先見其胸。她又自以為漂亮，連隔壁那幾個沒了頂、挺著個大肚子的中年叔伯她都要拋媚眼！有這樣的姊姊，我引以為恥！

這娼婦！她一刻都不能沒有男人！

有一次，家中只有我一人在下格床午睡，她竟然鬼鬼祟祟的帶了個男人來在上格床幹！唧唧哼哼的，聽得我毛骨悚然。我還記得他倆忘形得把褲子掉到了我的床上！

我每天晚上都向上帝祈禱，祈求祂以梅毒懲罰這個女人。我總忘不了她瞇起那雙鳳眼，幽幽地向我道：「小妹呀！你怎麼還像個小男孩般呢？長這麼大胸圍也不用買一個？還在穿那些什麼鬼少女胸圍？妹呀！你看大姐和我！女人最重要就是一對奶呀！你這樣將來怎麼去找男人？」

這乳牛！走路時總要搖胸扭臀的！我……我真想她死！我睡在下格床上，常常會看到她背向著我，在試穿那個她最愛的半透明紫色胸圍，這時我就知道她那個她愛他他不愛她的情人又來找她了。總有一天我會毀滅那個紫色胸圍！

有時我真渴望有戰爭爆發，然後一個原子彈投下來！隆的一聲！全世界都消失掉！而我就再也不用痛恨任何人。

四

我一直不知道原來自己喜歡洪小美。我們一班男生，每天談論的都是那些豐滿健康、活潑可愛的女明星。而洪小美……她實在是太瘦了！

她好像一個尼姑，或者是修女。她的嘴唇總是抿得緊緊的，好像害怕一張嘴，就會把她的祕密洩露出來一般。我特別記得她那種驚人的白。那是一種從來沒有接觸陽光的、死人般的白。但她的眼睛炯炯如火，看人時總有怒意。她整天拘拘謹謹的，使人錯覺她是屬於高材生那一類的女孩。後來我才知道她的成績非常差，數學更是常常不合格。她怎麼會來唸生物物理呢？她應該去讀什麼詩呀詞呀才對啊！

班上的男生都公開叫她做「飛機場」，因為她非常瘦的緣故。不論我們平時怎樣整她，她都是默不作聲的，只是當我們喊她「飛機場」的時候，她就會有很大反應，氣沖沖眼睜睜的瞪著你。男生們固然是不放過她，女生們也是趨炎附勢的不大理睬她。

有一次我們空堂無聊，又走到她的座位旁邊騷擾她，左一聲右一聲的「飛機場」，大家喊完都覺得心快。突然，我驚覺她竟然前所未有的落下兩行淚來，我給嚇得呆了，一剎那不敢再吱聲。男生們都有點不知所措，慢慢的就散開了。

自此以後，我沒有再喊洪小美做「飛機場」了，我真的有點怕，怕什麼卻說不清楚。然而我的「老死」（老友死黨）小明他們，過了不久又故態復萌，但洪小美自從那一次也就沒有再哭過。

我再沒有跟著大伙兒起鬨，卻轉而偷偷觀察她。她的確很瘦，側影非常薄，線條由頭至腳，中途沒有一絲波折。我估計她的胸部應該只有廿九吋。

班上的女同學全都不是這樣的。她們大都已發育得非常豐滿。那些小獸似的女同學，從不吝嗇自己的胸脯，走起路來胸部四處碰。乳房就好像是她們的盔甲，可以讓她們肆無忌憚的衝鋒陷陣。

這天在班上，平日黑黑實實、滿身臭汗的小明一陣風似的竄了進來，圍著幾個男生喁喁低語，不時又掉過頭來看看洪小美，忽然又轟然大笑。

我知道他們一定又有新法子弄洪小美了。自從我不肯再和小明他們戲弄洪小美，他們就不大理我了。我樂得清閒，心裡卻有點戚戚然，但是我真的不想再那麼幼稚了。我很擔心洪小美。

果然不出所料，一到放學，小明他們就暗暗跟著洪小美，靜靜地把一小瓶紅色顏料潑在她校服裙的後邊，然後一邊掉頭走一邊尖聲叫道：「洪小美有月經沒胸脯！」

球場上的男生們都轉過頭來又叫又笑。洪小美的樣子不知是氣憤還是難堪，眼看她又要哭了。我不知怎的竟然走到她面前，脫下自己的校服給她穿，道：「你遮一遮，我送你回家吧。」她看也不看我，接過校服披著，逕自走了出校門。我在後跟著她，臉上熱熱的，邊走邊看著她的背影。我個子比她高，她身形又瘦小，我那件校服像牧師袍子般罩著她。我竟然不敢說一句話。

她的家就在學校隔鄰的一個公共屋村裡。到了她住的那幢大廈的大堂，她就轉過頭來脫下校服還我，也沒有說一句謝謝就走了。

我望著那油漆脫落而斑斑駁駁的電梯門，心裡想著她那慘白的臉龐。她總是那樣可憐兮兮的，使人看見她就忍不住要欺負她。她為什麼總是那樣憂戚戚呢？班上的女同學都是天真裡帶著潑辣的啊！

第二天返校時，我忍不住走到她家樓下等她。我實在是太大膽了！自己都不期然嘲笑自己這種傻行徑。我閒著無聊四處看，一抬頭，竟看見洪小美家樓下開遍了一列鮮嫩的木棉花！那種喜氣洋洋的氣氛使我的心溫暖了不少。這時洪小美出現了！校裙已經變回雪白，臉容卻依舊憂鬱。我走近她，尷尬地向她咧了咧嘴。她卻像看不見我似的逕自走開。我像狼捕羊似的，一隻大手搭著她的肩膀，她這才停了下來，怯怯的對我點點頭。我緊緊的尾隨著她，想盡法子逗她說話，她卻總是愛理不理的敷衍我，心裡不知在想什麼。一踏進學校，她就藉故走開了，似乎不想被別人看見我倆在一起。

我有點氣憤，卻總也按捺不住好奇心去接近她。慢慢，我就養成每天陪她一起上學的習慣了，而她也好像漸漸習慣了我的存在似的。有一天，我遲到了幾分鐘，還見到她在等我呢！我很高興，更多的是疑惑……她必定以為我是在追求她了！但，究竟，我是不是呢？

我們越來越熟絡，她漸漸也告訴我知她家裡的一點事情。她說她媽是一條妖媚的牛，她大姐是隻冶豔的豬，而她二姐則是隻裝純的狐狸。我雖然覺得好笑，卻又不敢笑。至於她的老爸，她則完全沒有提起。我見過洪先生一次，但印象卻十分模糊。他不外是一般中年男人的模樣：稀朗朗的頭髮加一個鬆泡泡的大肚子。洪小美常笑說今日的女人都不再懷孕，男人卻個個都是大肚子。我暗暗望望自己的肚皮，幸好還結實。

我從來沒有去過她的家。這天洪小美遺下數學筆記在我的座位上，我藉故上她家還她。她家的門鈴沒有聲響，我於是叩了叩門，漆黑的走廊於是就露出一絲光亮。

然後我看見洪小美驚訝的臉。

她一見我就趕忙打開鐵閘，趿著拖鞋走到門外小聲道：「你怎麼來了？」我只好傻傻的還她筆記，她又好像以前一樣頭也不回謝也不道的閃回屋裡。我這刻才醒覺自己不該擅自來找她。她是不高興了。

剛才驚鴻一瞥，只見小美屋內昏昏暗暗的，與小美細白的臉對比強烈。忽然屋內傳來陣陣男女嬉笑聲，我嚇了一跳，臉紅耳赤的走了，心裡卻在想：「是小美嗎？是小美嗎？」

我離開大廈，又看見那一列木棉樹。地上已有不少木棉花落下，沿路都是一朵朵將腐未腐的花的屍骸。一陣微風吹來，又有一朵木棉花犧牲掉了。

「是小美嗎？」

我徹夜不眠。第二天她木然的和我一同上學。一輪沉寂後，我按捺不住問她：「昨天你家裡有人嗎？」她不看我，半晌才道：「我二姐最近失業，所以賦閒在家。」我「啊」了一聲，心這才偷偷放下。她暗暗瞅了我一下，是我在偷笑嗎？我從學校遠遠的觀看她的家，她家樓下那一列木棉樹好像又燃燒起來了！

會考將至，我和洪小美約好了不見一陣子，各自努力讀書。這天是最後一天返校日，以後將有好一段時間不能見到洪小美了，於是我請求她讓我今天可以送她回家。她答應了。

路途上我忐忑不安，好像有某些說話非要破口而出不可。到了她家樓下，我見到那一列本來如火一般的木棉樹，不知何時竟已變得禿枝滿椏。我終於靜靜的告訴她……我……不知何時……已喜歡上她了。

她的校服裙變灰了，臉也變得青白。她始終不出聲，垂著眼半晌才道：「我的心有太多恨意，實在不能去愛人了。」說罷，她又再如以往地轉身就離去，沒有一聲再見。

自從這天開始，洪小美就開始迴避我。會考期間我曾嘗試找她，但每一次她都以讀書為理由拒絕見我。過後，我因為成績不好而要轉到別校就讀，更加沒有機會見到洪小美了。慢慢，一切也都淡淡而去。我好像曾經戀愛過，又好像不是……我好像曾經失戀過，又好像不是……我究竟是怎麼了……

到今天，我有時還會想起，她，是否仍然瘦削？

五

阿鳳在嘉喜大酒樓做洗碗工已經十多年。那時她的小女兒小美剛出生，她丈夫炳發駕貨櫃車的收入又不穩定，她只好出來找點事做。起初想著只不過湊合一段短時間，誰知一洗就洗了這麼些年。年輕時貪圖方便，每天工作時從不戴上塑膠手套，一雙嫩白的手在強烈酸澀的洗潔液中浸泡多年，早已變成今天那雙如紅蘿蔔般又紅又腫的乾手了。阿鳳的十隻手指都腫脹著，多年不能緊合雙手。每天看著顧客們吃剩的餘屑殘渣，阿鳳仍然會覺得十分噁心。阿鳳有時會想，這麼辛苦，都不知為了什麼。

嫁給炳發是當年自己選擇的，本來為了整個家，阿鳳怎樣捱都無所謂，只是炳發竟然敢拿自己辛辛苦苦儲了多年的積蓄去包二奶！阿鳳只怪自己太信任炳發了。要錢上深圳做生意！好端端的做什麼鬼生意！自己實在是太愚蠢了！

雖然炳發現在已經沒有再上深圳，但是，阿鳳卻忍不住越來越嫌棄他。每天早上起來，總看到他千方百計的塗抹一層又一層的髮蠟，左梳右撥的去掩蓋他那半禿的頭頂。每天晚上又要忍受他如雷的鼾聲。她真的不想再忍了！

早兩個月，酒樓裡換了大廚，阿鳳聽見眾人都叫他鬍鬚勇。這鬍鬚勇閒著沒事，最愛走到她面前，有一搭沒一搭的逗她說話，看著她微微的彎腰洗碗碟。阿鳳雖不大理會他，卻總是感到胸前一大片皮膚被他的目光射得涼颼颼的。

但自從鬍鬚勇來了，阿鳳發覺管工們好像都對她客氣了不少。分配的工作少了，阿鳳也不用再在那陰暗潮濕的後巷去洗碗。阿鳳覺得自己好像突然變得重要了不少似的！於是她對那鬍鬚勇也就客氣了一點。

過了不久，酒樓裡來了個新的接待員，叫做阿蓮。這個阿蓮貌似四十，卻一直只肯承認自己只有三十。一雙紋眉死死的鑲在臉上，前額的瀏海熨得高高的，一個波浪捲著一個波浪。臉上是一種被化妝品侵蝕了多年的灰白，嘴唇卻紅得淌血。她的聲音略帶沙啞，每天對著麥克風大聲的叫喊，聽得人心裡煩躁。偏偏那個鬍鬚勇，見到她竟如螞蟻遇蜜糖似的黏著不放，對阿鳳也沒有先前那陣殷勤了。

阿鳳真不知自己是什麼心理。這天她下班走過百貨公司的內衣部，竟然買了一個平生從來未買過，也未曾想過要買的通花暗紅胸圍。這胸圍要三百八十元呀！平常她都只是穿那些三十元的貨色……她真的不知這是什麼心理。

六

這晚洪小美看著一家人吵吵鬧鬧，覺得啼笑皆非。為了幾個胸圍，老媽發恨的喊罵，大姐悽悽的流淚，二姐更是吵個沒完。不過洪小美非常高興，因為她最恨的二姐的那個半透明紫色胸圍終於被破壞了！她感激她老爸為她報了仇出了氣！但炳發則因為鬧不過他老婆的威嚇謾罵，終於答應自掏腰包替她買回一個同款色的胸圍。

第二天早上，當家中所有人都已去上班上學尋歡作樂的時候，炳發卻猶自躊躇著不願出門。活了五十年的大男人，什麼風雨未經歷過？可是打死他也不願親手去買個胸圍！炳發摸摸衣袋，翻箱倒篋也只有三十塊，如何去買一個什麼Wacoal胸圍呢？

中午十二時，炳發老婆快要回來弄午飯了，炳發只好硬著頭皮上街去。他走過屋村街市的內衣攤子，飛快的瞟了一下那些胸圍的價錢。他心裡有點喜悅，因為他手裡的三十塊可以買到一個紅色的胸圍呢！他在街市轉了又轉，左徘徊右遛達，終於選了個比較少人流的時刻駐足在內衣攤子前。攤子的老闆是個陰陰濕濕的阿婆，她笑咪咪地道：「什麼……呀？三十塊？買蘭花牌啦！送給老婆的嗎？」對面豆腐檔的駝背老伯「呵呵」地答腔：「買高級貨要去百貨公司的呀炳發！」於是炳發也就「呵呵」著快步離去。

百貨公司的內衣部分為男裝部及女裝部，而男裝部售賣內褲的位置就在女裝部售賣胸圍的旁邊。炳發於是可以比較從容的去觀察每個胸圍的價錢。他一隻手拿著男裝Calvin Klein內褲，一雙眼卻去尋找Wacoal胸圍。當炳發看到那個Wacoal暗紅通花胸圍竟然要三百八十元整時，頓時嚇得弄跌了幾條男裝三角褲和女裝胸圍。

他情急之下卻心如明鏡，以迅雷不及掩耳的速度，把一個淺黃色Wacoal胸圍塞進自己的衣袋中，然後就難為情地替店員一一把內衣褲放回原處。

炳發其實是位好好先生。

七

趙大法官一輩子從沒有審理過這般可笑的案子。他用手指托了托鼻上那沉重的老花眼鏡，以仁慈的眼光望著被告人宣報判決。

他清了清喉嚨，道：「由於被告人過去沒有犯案紀錄，以及能坦承認罪，」他頓了頓，看了一看來聽審的市民，才又道：「加上本人對被告的遭遇深表同情，故此宣報被告人洪炳發偷竊罪名成立，輕判罰款一千元及留有案底，無須入獄……」

炳發至此才敢吁一口氣。他偷偷望向聽審席，卻發覺他老婆正和女兒們離去，避免因他而被登上翌日報紙的頭條。

● 本文初刊於二〇〇三年一月二十三日《明報．世紀版》。

仁愛街市

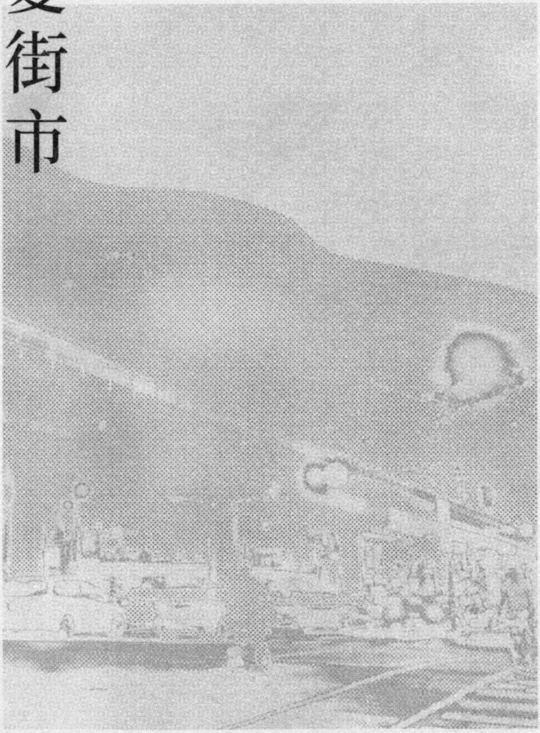

五月的仁愛街市簡直是個地獄。地上滿是墨黑的水漬，頭上是轟然如雷鳴的大風扇。風扇上的不是灰塵，而是混合了空氣中的濕氣和人們身上的汗臭的骯髒物。這些骯髒物顫巍巍的掛在風扇上，隨時無聲無色的掉在下面走過的人頭上。垂吊著的大風扇做三百六十度旋轉，輪流向四周的檔攤提供「涼意」。當風扇背向著你，空氣就悶得死寂。當它面對著你猛吹時，人卻會被迎面而來的熱風薰暈。人在這街市中就像一尾魚，走到哪裡都是水，逃不脫，跑不掉。

阿欣賣菜的攤位只有十來呎，前後左右都堆滿了各種蔬果，人在當中簡直沒有轉身的份兒。她穿著雪白的校服裙子，小心翼翼的在菜堆中不把裙子弄髒。她知道自己不漂亮。眼睛小而單眼皮，臉又常常黃著，嘴唇卻是燥熱的血紅，常常好像賭氣般噘著，一臉氣苦的樣子。前額一撮碎髮永恆的擋住了眼睛……也許她的眼睛是漂亮的，只是我們不知道。

她實在是氣苦。眼前盡是紛擾的綠：白菜的綠、菜心的綠、芥蘭的綠……一切怎麼可以都是那樣的平凡！「阿欣五蚊白菜！」「一斤芥蘭……搭多條蔥啦！」就連來買菜的人都是那麼平凡。一個又一個的師奶……來來去去的老婦……買的總是白菜菜心芥蘭……若然明天世上出現了一種新的蔬菜，相信阿欣會比世上任何人都來得高興。

「阿欣」「阿欣」，就連自己的名字也是這麼俗。賣菜的女孩，不是叫阿欣就是叫阿雯。「我想死……」阿欣喃喃自道。

她總是害怕給同學見到自己賣菜。每當眼前有白裙子晃過，她定會迅速轉過身別過臉，裝著幹點別的什麼事。沒人的時候，阿欣則手拿一本從二手書店買回來的教科書，把頭垂得低低的，讓前額的碎髮罩著眼睛，以防給熟人認出來。

阿欣讀書倒是努力，只是天性呆笨，於是一直也只有努力的份兒。努力，心卻總也不靜。街市內人群蠢動，阿欣的眼睛總也忍不住四處溜看，然而每次都冷不防與對面的賣魚蛋牛丸豆腐的九記四目交投。

九記的臉就如他賣的豆腐一般細白，而且也是鬆泡泡的。阿欣被他看得多了，幾次真的想一巴掌打碎這塊豆腐。九記的眼卻是牛丸眼，灰濛濛的沒有焦點。阿欣每次被他細細打量時胃便感到翻湧。

九記的娘是匯豐銀行門前的石獅子，氣焰沖天，雙目從來都看不見人。九記是她的「掌上明珠」，她要緊緊的握著他扭著他，到死也不會放手。她知道九記對阿欣有幾分意思，對阿欣也就多了幾分防範。她每天都要親自開鋪，絕不讓他倆有機會單獨接觸。

只是有一次，九記的娘回鄉一星期辦喪事，回來以後就覺得四鄰的街坊對她不一樣了。臉上仍然是客客氣氣的東家長西家短，但是只要九記在旁的話，人們的笑就會凝結膠固，變成一個個面具。九記的豆腐臉則變得霉灰灰的，顯得前面擺賣的豆腐異樣的新鮮。

後來九記的娘從隔壁賣乾貨的伍嬸口中，知道了她不在的那個星期，九記常常藉故走去阿欣的菜檔搭訕，阿欣煩不勝煩，竟然叫了她那豆沙喉老爸來把九記罵了一頓，鬧得整個街市無人不曉。九記的娘一聽之下大怒，只是不好意思這時候才來翻舊帳，唯有暗恨自家九記愚昧，不懂看風頭。

自此阿欣每天都要承受九記娘的「恭維」說話，什麼「阿欣真是醒目女呀，讀書又勤力，我們的九記可惜書讀得少，無福消受！」正正觸到阿欣的痛處。誰都知道阿欣會考了兩次仍然只有三科合格，勤力，是沒有選擇中的選擇。

阿欣真的想死。觸目所及全都是醜惡的人與物。阿欣搗著嘴，強忍著沖上來的嘔吐。這時，旁邊賣魚的巷子開始有檔攤營業，魚販不顧一切的把魚水、冰、魚鱗等嘩啦啦的用水沖離自己的地盤。阿欣感到這些腥臭的水一直淹過來淹過來，淹掉她的白襪，淹掉她的菜心……阿欣的小腿忽然一涼，嚇得她趕忙低頭一看，原來她一直辛辛苦苦保護的雪白的校服裙終於被濺汙了！阿欣看著那不斷化開的墨黑的水漬子，一泡眼淚來勢洶洶的湧了上來。以後每一天上學都要帶著這生活在街市的記號！全世界都要知道了！她怎麼可以掩飾得過那班女同學的眼睛？她一直偷偷喜歡的那個高個子的籃球隊隊長又怎有可能會喜歡她？阿欣懊惱得要死！

懊惱得要死！

懊惱得要死！

阿欣唯一的希望是能當個大學生。大學，遙遠而浪漫，班主任劉老師是香港大學畢業的，在課堂上常常向大家述說大學的生活如何的自由快樂。阿欣長這麼大卻從來沒有去過港島區，聽劉老師說得多了，幻想那兒的男人一定都是紳士，女人都一定是淑女。她再也忍受不住這個屯門區著名的仁愛街市！她痛恨屯門！屯門沒有一個漂亮的人！環顧身邊的人，不外乎是地盤工人、痴肥的師奶、嘈吵髒亂的小童、金髮乾癟的青年……阿欣心想，自己要死的也不要死在這兒！

晚上六時半，阿欣不理那些沒賣完的菜蔬，逕自收拾檔攤離去。她需要出外呼吸一口比較乾燥的空氣，哪怕是汽車排出的廢氣也沒有所謂。阿欣已經全身濕遍，校服被汗水濕透緊緊附在皮膚上。她盡量佝僂著身體，免得胸前被汗弄濕而透視人前。她渴望有一絲風吹來，可是空氣卻動也不動。

阿欣急步走向輕鐵站，因為這下班時間必有很多人候車，若不快步恐怕連擠上月臺也很困難。這時有人猛力拍了她的肩膀一下，她急忙轉身，發現原來是九記。

「我們一起走吧！」

阿欣用手擦一擦鼻尖上的汗，無奈的笑了笑，這下可不能快步趕車了。

「你近來的功課怎樣了？」

「……」

「我媽總是誇你用功呢！什麼時候見你也是手拿課本的……」

九記的步速越來越慢，阿欣幾次真的想撇下他不顧。

「……魚蛋很好賣……」

「你的臉色不大好……」

阿欣木著臉一直走，好不容易捱到了車站。九記似笑非笑的道：「讓我送你回家吧！順路呢！」

阿欣極力推辭道：「不用……不了……不大順路啊……」

這時列車來了，千千萬萬的人一起擠進車廂。阿欣於是被迫站在九記的面前，竭力的避免掉進他的懷裡。阿欣嗅著九記一天的汗臭，半邊身子又在閃避旁邊油汙斑斑的油漆工人，還要應付九記不斷的說話，感到整個人剎那間就老了下來。她的視線不知放在何處才對，因為面前是汗津津的九記，左邊是滿臉疙瘩的男子，右邊又是個有著一把油膩的稀疏半長髮的中年女子。阿欣只好閉起眼來，想著自己喜歡的事物。車門開了，一個手挽幾袋魚蝦的阿婆濕漉漉的走進來站在阿欣後邊。她袋裡的蝦生蹦活跳，刺得阿欣的腳陣陣發麻。阿欣又要緊緊的抓著她的校服裙。

眾人擠在一起，面貼面身貼身，已經無所謂男女授受不親。有小孩忍不住局促而號哭起來，又有人因為要下車而亂衝亂撞。阿欣閉上眼，精神卻越來越緊張。白菜、菜心、汗臭、號哭、髒水、九記……死的念頭又一次在阿欣的腦海中掠過。

九記又開始向她說話。她呆呆的看著九記朦朧的臉，覺得他像一條缺水缺氧的魚，乾燥的嘴巴一張一合，吐出細細的白色的唾沫。她突然感到莫名的恐懼，胸口又開始脹痛起來，胃液緩緩的從她的口中流下來，流下來，流過她捂著嘴的手，然後是手腕、手臂……弄汙裙子了！不可以再讓它被弄汙！不可以！

她急忙推開眾人，疾步走出車廂，走下月臺，一直的走一直的走，想逃離這個無止境的汙穢之地。突然一陣刺耳的剎車聲，阿欣就眼睜睜的看著自己那條千方百計要保護的白色校服裙被輕鐵輾過稀爛。

本來，那死的念頭只是隨口說說，輕輕掠過。

●完稿於二〇〇〇年五月十四日。

後記

拙作《戀人絮語02:21》構思於二〇〇三年，是我於二〇〇二年得到臺灣聯合文學小說新人獎、隔絕了十多年後，重新執筆完成之作品，完成了我在四十歲前要出版一本論文集和一本小說集的願望，這都是臺灣聯經出版公司給我的機會，讓這本小說能夠在臺灣這個文學寶地出版，我格外珍惜。同時我要在此感謝我的論文指導老師、香港中文大學中國語言及文學系的何杏楓教授，這一切都來自於她在二十年前至今的鼓勵和指導。她為這本小說集寫的序令我閱後感觸良多。

二〇二〇年十一月一日

聯經文庫

戀人絮語02・21

2021年3月初版　　定價：新臺幣320元

著者	梁慕靈
叢書編輯	黃榮慶
校對	施亞蒨
內文排版	極翔企業
封面題字	阿旭寫字公司
封面設計	鄭婷之

出版者	聯經出版事業股份有限公司
地址	新北市汐止區大同路一段369號1樓
叢書編輯電話	(02)86925588轉5307
台北聯經書房	台北市新生南路三段94號
電話	(02)23620308
台中分公司	台中市北區崇德路一段198號
暨門市電話	(04)22312023
台中電子信箱	e-mail：linking2@ms42.hinet.net
郵政劃撥	帳戶第0100559-3號
郵撥電話	(02)23620308
印刷者	世和印製企業有限公司
總經銷	聯合發行股份有限公司
發行所	新北市新店區寶橋路235巷6弄6號2樓
電話	(02)29178022

副總編輯	陳逸華
總編輯	涂豐恩
總經理	陳芝宇
社長	羅國俊
發行人	林載爵

行政院新聞局出版事業登記證局版臺業字第0130號

本書如有缺頁，破損，倒裝請寄回台北聯經書房更換。　ISBN 978-957-08-5725-2 (平裝)
電子信箱：linking@udngroup.com

國家圖書館出版品預行編目資料

戀人絮語02・21/梁慕靈著．初版．新北市．聯經．
2021年3月．288面．14.8×21公分（聯經文庫）
ISBN 978-957-08-5725-2（平裝）

855　　110002552